BIBLIOTHÈQUE DE LA JEUNESSE

LE COUP DE TÊTE

D'ALIX

PAR JULIE BORIUS

LIBRAIRIE HACHETTE

BIBLIOTHÈQUE BLEUE

Agraives (J. d') et **Grancher** (M.-E.) : *Mirage d'Asie.*

Armagnac (Mlle d') : *La Carrière d'Alexis Iourouskine.*

Cervières (Paul) : *Terre d'exil.*
Ouvrage couronné par l'Académie française.

Colomb (Mlle) : *L'Héritière de Vauclain.*

Corthis (André) : *Les Rameaux rouges.*

Daudet (Ernest) : *Robert Darnetal.*

Dourliac (H.-A.) : *Méprises du Cœur.*

Fleuriot (Mlle Zénaïde) : *Raoul Daubry.*
— *Mandarine.*
— *Tombée du nid.*

Garreau (L.) : *L'Héritière de la Benauge.*

Kérouan (Jean) : *La Fortune de Chienfou.*

Maël (Pierre) : *Poucette.*

Marcel-Denis et **Francelois** : *Permis de conduire.*

Nanteuil (Mme de) : *En Esclavage.*
— *L'Epave mystérieuse.*

Renard (Mme Georges) : *La Montagne aux Neiges éternelles.*
Ouvrage couronné par l'Académie française.
— *Les Albatros.*

Rousseau (Mlle) : *Le Médaillon antique.*

Toudouze (G.) : *Le Reboutou.*

Vincent (Paul) : *Antoinette de Brivière.*

" LES GRANDES AVENTURES "

Jean d'Agraives	L'AVIATEUR DE BONAPARTE
—	LE CORSAIRE BORGNE
—	LES AILES DE L'AIGLE
—	LE SORCIER DE LA MER
—	LE DERNIER PIRATE
J. Crévelier	LE SECRET DE L'ONCLE BAPTISTE
C. Ivans	LE MYSTÈRE DE LA FORÊT
Jean Kérouan	LES CHASSEURS DE COMÈTES
George Marsh	LES ENFANTS DE LA NEIGE
N. Sevestre	EN SURVOLANT L'ATLANTIQUE

LE COUP DE TÊTE D'ALIX

AU MOMENT OU PETRONILLE OUVRAIT LA GRILLE POUR RECEVOIR ALIX,
LE SEAU REMPLI D'EAU SE RENVERSA SUR SA TETE

BIBLIOTHÈQUE DE LA JEUNESSE

LE
COUP DE TÊTE D'ALIX

par JULIE BORIUS

ILLUSTRATIONS DE A. DE PARYS

LIBRAIRIE HACHETTE
79, BOULEVARD SAINT-GERMAIN, PARIS

LE COUP DE TÊTE D'ALIX

CHAPITRE PREMIER

UNE BRAVE PETITE

LES deux jardins n'étaient séparés l'un de l'autre que par une haie de fusain; on peut même dire qu'ils n'en formaient qu'un seul, car tant de fois, Roger Coulmiers de son côté, Alix et Gabrielle du leur, s'étaient frayés un passage à travers la haie complaisante, que la petite échancrure du début était devenue une ouverture d'importance qui attestait la bonne harmonie qui régnait entre les voisins.

Et ce fut naturellement par ce chemin coutumier que Roger, en cet après-midi de juin, fit invasion chez Alix et Gabrielle; mais ce gamin de quatorze ans, en général turbulent et joyeux, avait l'air consterné ; consternée aussi était la voix qui laissa tomber comme à regret cette nouvelle :

« Tout est convenu, mes petites; papa a reçu une réponse de la Directrice de la pension dans laquelle votre maman a été élevée ; elle vous recevra de bon cœur ; vous allez partir. »

Les fillettes ne parurent attacher à l'événement qu'un intérêt médiocre ; on les dérangeait en plein jeu. Dans une allée dont les arbres en berceau formaient tonnelle, Alix venait de mettre sur une table minuscule un couvert de poupée, et Gabrielle, qui portait sur chaque bras un bébé incassable, se disposait à faire, en leur nom, honneur à la dînette préparée par sa sœur.

Roger vit se tourner vers lui deux visages qui lui souhaitaient la bienvenue.

« Bonjour Roger, cria Alix, je vais mettre un couvert de plus, vous goûterez avec nous.

— Et vous serez le papa de mes poupées, » dit Gabrielle.

Il s'assit entre elles; mais son sourire mélancolique détonnait sur la scène enfantine dont il devenait acteur.

Alix taillait en menus morceaux une galette déjà menue :

« C'est le premier plat, dit-elle, il n'y a pas de potage, nous ne l'aimons pas.

— Comment alors ferez-vous en pension? » leur demanda-t-il, toujours préoccupé du sujet qui, par contre, ne semblait leur causer nul souci. Et cependant, ce qu'il leur apprenait était bien fait pour les émouvoir. Ce départ serait pour elles une épreuve de plus. Leur mère était morte trois années auparavant, et il n'y avait guère plus de deux mois que leur père, le capitaine Darzan, avait été victime d'un accident de tir.

Mais, dans la garnison de l'Est où s'était passé le tragique événement, d'un commun accord, toutes les sympathies étaient venues aux petites isolées.

Sous la garde d'une servante dévouée, elles étaient restées dans le logis paternel, et tout le monde les avait adoptées; une sollicitude prévenante les avait entourées ; le colonel Coulmiers, le père de Roger, avait obtenu la tutelle, que ne lui avait pas disputée la seule parente des fillettes, Mme de la Pichardière, qui habitait les environs de Meaux, et ne s'était même pas dérangée pour venir aux obsèques du capitaine. Et il allait falloir quitter ces amis excellents! leur existence abritée par de nouvelles protections!

M. Coulmiers avait bien fait comprendre à son fils que l'état de choses actuel ne pouvait être que temporaire, et qu'il fallait regarder comme providentielle l'offre qu'avait faite cette amie de Me Darzan, qui dirigeait un des grands pensionnats de Paris ; Robert ne voyait que la séparation. Il essaya cependant de plaisanter en évoquant aux yeux des fillettes une gamelle qui n'aurait pas le fumet du pot-au-feu familial ; mais ce spectre ne projetait aucune ombre sur l'heure présente, et quand il réitéra sa question : Comment ferez-vous en pension? d'un ton délibéré, comme si elle traitait une question sur laquelle elle n'aurait jamais à s'étendre, Alix répondit :

« On fera comme les autres, on en mangera du potage. »

Plus hésitante avec même un petit soupir, Gabrielle exprima l'espoir que ce potage serait peut-être très bon.

« Elles prennent bien leur parti, » pensa Roger, et il ne put se défendre d'une déception en les voyant si résignées.

« Ceci, c'est une crème fouettée, » dit Alix qui était allée chercher le second service. Il n'était pas inutile qu'elle prît la peine d'initier ses convives aux secrets du menu; car rien ne ressemblait moins à de la crème que ce mélange de biscuits râpés et de sucre candi. Gabrielle en mangea deux parts, la sienne et celle de Roger qui la lui abandonna, en disant :

« Profitez-en; car, en pension, vous ne serez guère gâtées. »

Son ton se ressentait de la déception subie; les voyant si blindées contre les éventualités de leur vie nouvelle, son amitié froissée se faisait jour par une aigreur compréhensible, peut-être... regrettable toutefois.

Et cependant, ce fut sa boutade qui ramena les choses au point.

Devant la crainte d'être privée de gâteaux, Gabrielle, déjà ébranlée par l'histoire du potage, perdit tout à fait son équilibre; la dernière bouchée de son biscuit resta en suspens, et elle demanda :

« Vous croyez que nous n'aurons jamais de dessert?

— J'ai lieu de supposer qu'en tout cas, il ne sera pas abondant ; mais ce sera un détail insignifiant auprès de tous les règlements auxquels il faudra vous conformer.

— Ah çà ! qu'est-ce qui vous prend avec votre pension ! s'exclama Alix. Il sera temps, quand nous y serons, de savoir ce qui s'y fait; ne pouviez-vous nous laisser nous amuser tranquillement? »

Elle s'était levée, et, à deux pas de Roger, lui lançait des regards fulminants; mais au lieu de lui en vouloir, il éprouva un véritable allègement. Il comprit qu'elle se rendait seulement compte de ce qui allait se passer; que cette cuirasse dont il les avait crues revêtues était la bienfaisante insouciance qui est la force des tout petits ; ce fut à lui qu'il en voulut d'avoir parlé si brusquement, et il s'écria :

« Vous avez bien raison ; l'avenir viendra en son temps ; j'arrivais ici avec une grosse peine en songeant que vous allez bientôt partir ; mais vous n'êtes pas parties, reprenez votre place à table, Alix, c'est moi qui vous servirai, vous savez.

j'étais valet de chambre quand nous étions petits.

— ... Quand nous étions petits, » répéta Alix.

Sa colère était tombée; mais la gaieté outrée de Roger l'avait rendue sérieuse.

A deux reprises elle répéta :

« Quand nous étions petits, » cherchant comme il l'y conviait à rappeler le passé.

Ce fut en vain.

De ce passé qu'il évoquait, elle entendait seulement la chanson de ses anniversaires de naissance, qui déjà comptait treize couplets.

« J'ai treize ans, dit-elle, c'est fini pour moi d'être petite.

— Mais moi je n'en ai que neuf, dit Gabrielle, et je veux jouer. »

Alix la considéra avec commisération et se tournant vers Roger :

« C'est vrai, elle est bien petite ; ne pourrait-on la laisser ici avec sa poupée?

— Et vous, Alix? demanda-t-il, sans sourire de la candeur de la question.

— Moi, j'irai où il faudra, je ferai ce qu'il faudra faire. Je n'ai pas peur. »

Elle dit cela avec force ; elle avait, avec indifférence, accepté à l'avance sa part de potage; plus consciente, elle souscrivait à tous les règlements, sans s'attarder à arroser ses regrets de larmes inutiles.

« Vous êtes brave, Alix, papa le dit bien, et il vous faudra un fameux courage pour supporter le pensionnat. »

Et comme Gabrielle, beaucoup moins vaillante, le cœur tout gros, demandait :

« Au moins, aurons-nous des vacances? » il seconda Alix pour l'encourager.

« Des vacances, oui, sans doute, et puis des récréations.

— Pendant lesquelles, promit Alix, nous ferons de fameuses parties.

— Les petites filles, en pension, peuvent-elles courir ?

— Certainement, comme toutes les petites filles de la terre ; c'est une mode qui ne passe pas. »

Et Roger, repentant et consolateur, ajouta :

« Il doit y avoir un jardin dans ce pensionnat ; on vous permettra peut-être d'y semer des fleurs.

— Alix ! Alix ! cria Gabrielle toute joyeuse, j'emporterai mon petit rosier pour le planter. »

Et cette idée effaçant les impressions moroses :

« Quand partirons-nous? » demanda-t-elle.

Roger avait répondu gaiement à ses questions, mais la dernière lui était également posée par le regard réfléchi, un peu inquiet, d'Alix, et toute sa tristesse reparut quand il répondit :

« Papa a fixé votre départ à la semaine prochaine.

— Déjà ? » dit Alix.

Mais elle se reprit :

« Eh bien ! cela vaut mieux ; nous nous accoutumerons plus tôt à nos nouvelles habitudes.

— Le voyage sera-t-il long ? demanda Gabrielle, en quête de détails. Déjeunerons-nous dans le train ? Ce serait une vraie dînette. »

On lui promit tout ce qu'elle voulut, mais seule elle était joyeuse. Alix n'était pas à l'unisson, regardant les vestiges du couvert devant lequel ils venaient de s'asseoir tous les trois, elle avait l'intuition qu'elle venait de faire sa dernière dînette, qu'une transformation invisible, mais subite, s'était faite en elle, et que jamais plus elle ne redeviendrait tout à fait la petite Alix insouciante.

CHAPITRE II

L'EFFIGIE DE TANTE HORTENSE

« Je n'arriverai jamais à caser tout cela dans le panier. Comment faire ? Je veux cependant tout emporter, oui, tout ! »

Gabrielle fait ses apprêts de départ. Le grand moment approche, mais les amis se sont si bien ligués pour faire envisager aux fillettes leur vie de pensionnaire sous un jour heureux qu'elle n'a plus besoin de faire appel à son courage pour entreprendre gaiement le voyage, et elle met autant d'empressement que sa sœur à faire leurs préparatifs.

Leurs préoccupations, toutefois, sont différentes : Gabrielle ne songe qu'aux provisions, la gourmande ! et elle cherche à faire entrer dans un panier les gâteries dont on les a comblées, mais malgré la taille du récipient — elle a emprunté à la cuisinière le panier de marché — il lui reste à placer un étui de nonnettes, un cornet de pralines, une boîte de caramels et un sac de croquignolles. De là, grande désolation !

Elle appelle Alix :

« Viens à mon secours ! »

Alix n'entend pas. Alix est dans la pièce voisine, l'ancien bureau de leur père, et, debout sur une chaise, visite un à un les tiroirs du secrétaire.

« Le mieux est peut-être de les manger, se dit Gabrielle en ouvrant la boîte de caramels ; ce ne sera pas long, et puis, j'en donnerai à Alix. »

C'était, en effet, un moyen d'alléger ses provisions. Sur l'heure, elle l'employa; entre temps, elle contemplait le panier :

« Que de bonnes choses ! se disait-elle, parlant tout haut. Nous partagerons avec nos compagnes ; je suis sûre que la vue seule du panier nous fera bien venir. »

Elle ne pensait pas à l'entrée grotesque qu'elle se préparait à faire, son panier au bras.

Un cri de colère, véritable rugissement, interrompit le cours agréable de ses pensées. Elle reconnut la voix de sa sœur.

Alix n'était pas la douceur personnifiée et avait une manière véhémente de l'exprimer. Gabrielle accourut, la bouche pleine, un bonbon dans chaque main :

« Qu'est-ce que tu as ?

— Ce que j'ai, dit Alix, qui brandissait un papier, je sais maintenant pourquoi papa n'aimait pas tante Hortense, et je la déteste, je l'exècre, je la hais !

— En veux-tu ? » dit Gabrielle, en lui offrant un caramel.

Habituée à l'humeur variante de sa sœur, elle ne se laissait pas émouvoir. Alix accepta ; c'était tentant ; mais la douceur du bonbon n'adoucit pas sa colère.

« Tu vois cela ? dit-elle en montrant le papier qu'elle tenait ; c'est la lettre qui a fait pleurer papa, tu ne te souviens pas ? »

Elle était descendue de sa chaise, et, songeuse maintenant, autant pour préciser ses souvenirs que pour raviver ceux de Gabrielle, elle racontait :

« C'était un soir ; maman venait de mourir, car nos petits tabliers noirs étaient tout neufs, et nous étions fières parce qu'ils avaient des poches. Cela ne nous consolait pas de la mort de maman, mais cela nous distrayait un peu ; nous étions si tristes ! Et papa, donc ! Il nous faisait presque peur tant il était sombre ; il ne s'occupait plus du tout de nous... Eh bien ! depuis ce jour-là, tout a changé. Il était assis dans ce fauteuil (elle désigna un voltaire en tapisserie).

— Et nous ? demanda Gabrielle, qui écoutait attentivement.

— Nous ? Eh bien ! nous entassions dans nos petites poches tout ce que nous pouvions y mettre quand on a apporté une lettre ; papa l'a lue, et je crois l'entendre dire :

« Ah ! c'est trop fort, lui céder une de mes filles, mais alors que deviendrais-je ? non, jamais je ne me séparerai de mes enfants ; qu'elle garde son héritage ; à aucun prix je ne veux de son marché ; elle n'a donc pas de cœur pour oser même me le proposer ? »

« Il nous rappela, et il nous embrassa comme il ne le faisait plus depuis quelques jours ; il pleurait ; nous aussi, nous l'entourions de nos bras ; nous lui promettions d'être bien gentilles pour lui faire plaisir.

— Nous ne pensions plus à nos jolies petites poches ? demanda Gabrielle.

— Nous ne pensions plus qu'à papa, et il nous disait que nous ne le quitterions jamais, qu'il ne consentirait pas à envoyer l'une de nous chez tante Hortense.

— Qui est tante Hortense ?

— C'est la tante qui a écrit à papa.

— Pour lui dire quoi ?

— Tu ne comprends rien; mais c'est vrai que moi non plus je n'avais pas bien compris avant d'avoir trouvé cette lettre dans le secrétaire.

— C'était peut-être mal de chercher dans le secrétaire, » objecta Gabrielle.

Alix n'avait pas de ces scrupules.

« Puisque nous n'avons plus ni papa, ni maman, tout ici est à nous, dit-elle ; d'ailleurs ce n'est pas cette lettre que je cherchais ; je cherchais ce portrait que papa tenait enfermé dans un tiroir, et qu'il nous montrait quand nous avions été sages, il ne voulait pas le mettre sur la cheminée, afin, disait-il, de ne pas nous habituer à le regarder comme un portrait banal.

— Je me le rappelle, » dit Gabrielle, très grave maintenant.

Les deux sœurs ne se ressemblaient ni au physique, ni au moral. Alix avait de grands yeux noirs, pleins de flamme, de malice aussi souvent ; Gabrielle avait des yeux bleus pensifs, très doux ; mais un même rayon les rendit pareils, tandis qu'elles regardaient le groupe heureux du père, de la mère et des deux petites, toutes petites, et elles s'embrassèrent sans bien savoir pourquoi, sans doute parce qu'elles se sentaient toutes seules de cette famille si unie.

Mais de nouveau les yeux d'Alix flamboyèrent.

« C'est en cherchant ce portrait, dit-elle, que j'ai trouvé la lettre dont la grosse écriture m'a frappée, et aussi la signature : *Hortense de la Pichardière*, c'est le nom de notre tante ; écoute ce qu'elle écrivait à papa. » Et la voix se fit terrible pour lire tout haut :

« Mon cher neveu, j'apprends la mort « de votre femme ; inutile de vous dire

« que je compatis à votre chagrin ; cela « va de soi, et je n'aime pas les phrases ; « mais je pense que vous allez vous trouver « ver fort embarrassé de vos filles, et « je vous propose d'en prendre une. Je « m'en occuperai tout à fait ; je la do« terai, j'en ferai mon héritière ; je n'y

« PEUT-ON CONNAITRE LE MOTIF DE VOTRE GAITÉ ? » DEMANDA LE COLONEL

« mets qu'une condition : vous m'aban« donnerez entièrement sa direction ; si « vous acceptez, cela effacera nos dissen« timents passés ; c'est la deuxième fois « que j'interviens dans votre vie ; vous « n'avez pas dû oublier qu'à la mort de « vos parents, je me suis offerte pour me « charger de votre avenir ; je ne vous « demandais qu'une chose, rester vivre « près de moi ; m'aider à gérer mes pro« priétés, qui sont considérables. J'étais « veuve, sans enfants ; c'était votre sort « assuré ; en même temps c'était aussi « ma vieillesse préservée de l'isolement.

« A cette vie facile, vous avez préféré
« la carrière des armes ; j'ai regardé votre
« refus, non seulement comme une sottise
« de votre part ; mais comme une offense
« personnelle, et je vous avais signifié
« que tout était rompu entre nous. J'ap-
« prends votre malheur, et je consens à
« oublier le passé si vous me donnez une
« de vos enfants.

« Je me fais vieille ; j'éprouve plus que
« jamais le besoin de me sentir entourée,
« et les avantages que je ferai à votre
« fille ne doivent pas vous laisser indif-
« férent. Dans la fougue de la jeunesse
« vous avez pu dédaigner l'argent ;
« comme père de famille, je veux croire
« que vous ne réitérerez pas semblable
« folie. »

— Et papa a refusé ? demanda Gabrielle.

— Bien sûr ; il ne voulait pas se séparer de nous ; alors on s'est brouillé,
et elle nous a frustrées de son... mais sais-
tu ce que c'est qu'un héritage?

— Un héritage, répéta Gabrielle.

— Peu importe du reste, puisque nous
sommes déshéritées ; écoute-moi bien ; si
jamais nous voyons tante Hortense, jure-
moi que tu n'oublieras pas le chagrin
qu'elle a fait à papa.

— Oh ! Alix, je te le jure ! »

Terrorisée, elle regardait la lettre, et
dans un indicible désir de détruire cette
petite chose effrayante qui ne soulevait
que des colères :

« Il faut la brûler, dit-elle.

— Qui ça, tante Hortense ? nous
sommes trop petites.

— Non, pas tante Hortense, sa lettre.

— C'est vrai ; on brûle les personnes
en effigie. Cette lettre, c'est comme l'effigie de notre tante. Brûlons-la. »

Le poêle ronflait ; elles y jetèrent le
papier qui s'embrasa.

« Ça fait une belle flamme, » dit Gabrielle en manière d'oraison funèbre.

A mesure que s'éteignait la flamme,
Alix sentait s'éteindre son courroux, elle
prit la main de sa sœur, et devant
le bûcher qui achevait de consumer la
lettre, elle l'entraîna dans une gambade
sauvage.

La porte s'ouvrit ; on les surprit ; c'était
leur tuteur, le colonel Coulmiers qui entrait.

« Peut-on connaître le motif de votre
gaîté? » demanda-t-il.

Brûler une tante, même en effigie, n'est
pas très orthodoxe; elles s'arrêtèrent
court, et se regardèrent confuses.

« Nous dansions, » dit Alix.

Ce n'était pas mentir ; il se contenta
de la réponse.

« Vous êtes seul ? demanda Gabrielle
surprise, car Mme Coulmiers et Roger l'ac-
compagnaient toujours.

— Oui, aujourd'hui, c'est votre tuteur
qui vous fait l'honneur d'une visite ; voulez-vous le recevoir ? »

Il était presque cérémonieux, Alix le
devint, et lui montrant le fauteuil voltaire :

« Si vous voulez bien vous asseoir, » lui
dit-elle.

Il s'assit, et les prenant sur ses genoux :

« Savez-vous, leur demanda-t-il, ce que
c'est qu'un tuteur ?

— C'est presque un papa, dit Gabrielle,
qui avait conscience de sa paternelle bien-
veillance.

— A-t-elle bien répondu ? » demanda-
t-il à Alix, qui n'avait rien dit.

Elle demeura un instant silencieuse,
puis d'une voix ferme, qui accentuait la
précision de sa pensée :

« Non, dit-elle, un papa n'a jamais
rien à dire à ses enfants qui leur fasse du
chagrin, car il a toujours le droit de
faire ce qu'il veut, et il ne veut pas les
rendre malheureuses ; un tuteur est obligé
quelquefois de faire de la peine à ses pupilles, même quand il ne voudrait pas leur
en faire.

— Voilà mes devoirs indiqués, dit le
colonel en souriant, et si j'avais eu une
hésitation, elle serait tranchée. Vous êtes,
petite Alix, une pupille délicieuse, mais
aussi un juge impeccable. Puis-je en con-
clure que vous vous soumettrez à une
décision dont vous reconnaîtrez la sagesse ?

— Est-ce que nous ne partirons pas ?
demanda Gabrielle, qui songeait à ses provisions de bouche.

— Rien n'est changé dans notre itiné-
raire jusqu'à Meaux ; mais là nous devrons
nous séparer.

— Vous ne nous conduirez pas vous-
même à Paris ? demanda Alix.

— Je n'ai pas dit cela; mais une seule
de vous entrera en pension et ce
sera Alix, qui est l'aînée, la plus raisonnable.

— Et Gabrielle, où ira-t-elle ? » demanda Alix, tandis que la petite, toute
troublée, par tant d'événements, sous

l'empire de sa conversation avec sa sœur, s'écriait épouvantée :

« Oh ! pas chez tante Hortense, n'est-ce pas, vous ne me mettrez pas chez tante Hortense ? »

Il parut embarrassé.

« Vous connaissez cette tante ? »

Elles baissèrent la tête, rouges, embarrassées à leur tour, n'osant avouer ni de quelle façon elles venaient de faire sa connaissance, ni comment elles l'avaient traitée, ou plutôt maltraitée.

« Il faut tout me dire, reprit-il ; un tuteur doit tout savoir ; pourquoi redoutez-vous d'aller chez votre tante ? Elle m'écrit qu'elle désire adopter l'une de vous, une seule malheureusement ; elle s'excuse de prendre si tardivement une décision dont elle a voulu peser le pour et le contre ; nous n'avons pas à juger si un élan moins réfléchi, vous ouvrant sa maison à toutes les deux, n'eût pas été préférable, chacun agit selon son caractère ; elle est peut-être un peu timorée.

— Elle est surtout très riche, dit vivement Alix, et papa aimait mieux nous voir pauvres, et avait refusé de nous laisser aller chez elle.

— Encore une fois, que savez-vous ? il me faut une explication très nette. »

L'explication fut très embrouillée, donnée par deux petites accusatrices qui parlaient ensemble, ayant surtout à dessein d'échapper à la tutelle de tante Hortense.

« Elle voulait nous prendre à papa, dit Alix.

— Elle lui a fait du chagrin, dit Gabrielle.

— Elle n'aime pas les officiers.

— C'est une égoïste.

— C'est une sans cœur. »

L'instruction de l'affaire n'était pas commode à mener. A force de patience, il arriva pourtant à démêler à peu près la vérité qu'elles venaient d'apprendre elles-mêmes par la lettre de leur tante ; mais la situation était changée, et si l'on pouvait regretter, comme il venait de le dire, que cette offre n'eût pas été spontanée, elle n'en méritait pas moins d'être prise en considération, et il ne se croyait pas le droit d'indisposer une parente, qui eût d'ailleurs pu en appeler à sa parenté pour réclamer l'enfant. Mme de la Pichardière habitait à quelques lieues de Meaux, un village appelé Coucy-les-Etangs ; il avait écrit au curé et au maire de ce village pour avoir des renseignements, et les réponses avaient concordé pour assurer que cette dame était bienfaisante ; pitoyable aux malheureux ; très bien vue dans le pays dont elle était originaire. On pouvait, il est vrai, lire entre les lignes comme une réticence qui permettait de supposer que son caractère offrait quelque bizarrerie ; le mot original revenait dans les deux réponses, mais le curé comme le maire s'entendaient pour affirmer la parfaite honorabilité, l'un disait de son excellente paroissienne, l'autre de sa vénérable administrée. En regard de ces renseignements, les raisons des fillettes étaient pusillanimes, et n'influencèrent en rien sur la décision du tuteur ; il leur fit un petit bout de morale sur l'obéissance à laquelle nous sommes tous, grands et petits, plus ou moins soumis ; il ajouta qu'il savait d'ailleurs qu'il pouvait compter sur elles, et qu'il était certain de n'en recevoir que des éloges.

Il s'était levé ; chacun des petits fronts sentit l'attouchement d'une main protectrice, mais évidemment autoritaire, et, sous le joug, Alix frémit ; mais il ne s'en aperçut pas, et partit les croyant toutes deux résignées.

Quand il rentra chez lui, il trouva Roger aux aguets, l'attendant.

« Papa, qu'ont-elles dit de cet arrangement ?

— Les pauvres enfants ! elles n'avaient rien à dire ; elles n'ont qu'à se laisser faire ; au début cependant j'ai eu un peu de peine à leur faire entendre raison. Alix surtout était très montée contre cette tante qui était brouillée avec leur père ; mais elles ont compris qu'elles n'ont qu'à se soumettre.

— Oh ! Gabrielle se soumettra à tout, elle est très douce ; mais Alix !

— Eh bien Alix, ne savons-nous pas que c'est une brave, et qu'elle prend son parti en brave de tous les événements ! »

Roger n'insista pas ; il savait que son père n'admettait pas un courage qui se laisserait rebuter par un devoir ; mais il ne pouvait croire qu'Alix eût si facilement accepté de se séparer de sa sœur, surtout avec cette perspective de la voir aller chez une tante contre laquelle elle avait des préventions. Il la croyait plutôt capable même d'une indiscipline, si son devoir ne lui semblait pas conforme aux sentiments de son cœur.

CHAPITRE III

UN COMPLOT

Après le départ du colonel, Gabrielle avait beaucoup pleuré, et Alix pas mal gesticulé, en proférant des menaces qui devaient s'adresser à la tante Hortense ; car elle montrait le poing au bûcher sur lequel elle avait cru l'immoler.

Avant de s'endormir, Gabrielle avait eu une nouvelle crise de larmes, disant à travers ses sanglots qu'elle n'emporterait pas ses bonbons à Coucy-les-Etangs, qu'elle ne voulait pas que ce fût tante Hortense qui les mangeât ; mais Alix dont la colère avait fait place à une résolution héroïque, lui avait dit : « Dors tranquille », et elle s'était rendue à ce conseil engageant.

Elle avait cependant, à moitié endormie, demandé : « Et toi Alix ? » Alix n'avait pas répondu. Dormir n'était pas dans ses plans ; elle avait en tête trop de choses, et la nuit ne lui paraissait pas devoir être trop longue pour élaborer un dessein qui mettait dans ses yeux autant de petits rayons lumineux qu'il y avait de larmes sous les paupières gonflées de Gabrielle. Mais elle avait compté sans le sommeil, qui eut vite fait de vaincre sa résistance. Au réveil, les petites filles étaient en partie consolées.

« Peut-être que tante Hortense ne sera pas trop méchante, dit Gabrielle.

— En tout cas, répondit Alix, elle le sera moins que moi, et je lui en ferai voir de toutes les couleurs. »

Elles procédaient à leur toilette, Gabrielle qui allait passer son jupon resta interdite :

« Mais puisque c'est moi qui irai chez elle.

— Toi, pauvre poulette, elle te plumerait en un rien de temps, et si tu crois que je vais te laisser plumer ! il faut à tante Hortense quelqu'un qui la croque.

— Qui la gobe à son plaisir, » acheva Gabrielle par souvenance de la fable de La Fontaine.

Et elles éclatèrent de rire à la pensée de tante Hortense croquée, gobée par Alix.

Tous les beaux rayons lumineux que le sommeil s'était chargé d'éteindre brillaient de nouveau dans les yeux d'Alix. Gabrielle se calma la première :

« Mais, dit-elle, si tu vas chez tante Hortense, ce sera moi qui irai en pension ; de toute façon nous serons séparées.

— Oh ! si peu ! nous penserons tant l'une à l'autre que ce sera presque une façon d'être ensemble, et puis je m'arrangerai de telle sorte qu'avant huit jours tante Hortense demandera grâce et m'enverra te rejoindre.

— Comment t'y prendras-tu ? »

Alix avait l'habitude de coiffer sa sœur. Gabrielle s'était assise sur une chaise basse, et la petite maman brossait les boucles blondes; mais ce matin le tumulte de ses pensées la rendant nerveuse, elle tirait un peu fort.

« Tu me fais mal, » dit Gabrielle.

Alix s'y prit plus doucement, et sans doute la douceur de ses mouvements influa sur la pente de ses pensées; son regard tomba caressant sur sa sœur ; la rancune qu'elle amassait contre tante Hortense subsistait au fond du cœur, et aussi le désir de vengeance ; mais sur tant de sentiments peu avouables planait une idée généreuse, qui les excusait sans les absoudre : souffrir à la place de Gabrielle.

C'était une résolution dont la hardiesse lui apparut quand, les jours s'écoulant, elle eut le loisir d'examiner la situation sous toutes ses faces. Elle savait ce qui avait été décidé. C'était à Meaux que devait avoir lieu la séparation. L'une des fillettes continuerait sur Paris; l'autre prendrait à cet arrêt l'embranchement pour Coucy-les-Etangs. La tante Hortense devait venir à sa rencontre à Meaux; si elle en était empêchée, le chef de gare, préalablement averti, se chargerait de recevoir l'enfant et la mettrait au train de Coucy-les-Etangs.

Le désir de Mᵐᵉ Coulmiers eût été de les accompagner ; mais d'une santé délicate, elle avait dû se résoudre à laisser le colonel partir seul avec ses pupilles.

L'arrêt étant très court à Meaux, Alix avait songé à le mettre à profit pour se substituer à sa sœur. Le colonel et Mme de la Pichardière auraient forcément à causer ensemble. Alix pourrait peut-être retenir Gabrielle dans le wagon jusqu'au dernier moment, et sauter en son lieu et place sur le quai, la laissant comme otage au colonel.

Mais braver ainsi son tuteur en face était plus qu'audacieux, la manœuvre serait plus que téméraire; elle sentait d'ailleurs que la présence du colonel la paralyserait, et elle avait abandonné cette idée. Elle avait encore pensé à choisir ce moment pour faire une scène de désespoir et tenter de fléchir le colonel; cette planche de salut lui restait; mais pouvait-elle espérer que le colonel se laisserait fléchir ? Tenterait-elle même de s'y essayer puisqu'elle n'osait plus le regarder en face depuis qu'il avait décidé de leur avenir et voué Gabrielle au martyre.

Elle n'avait parlé de ses préoccupations ni à Mme Coulmiers ni à Roger, qui, certainement au courant des objections qu'elle avait élevées contre le séjour à Coucy-les-Étangs, n'avaient pas intercédé en faveur des orphelines, et il s'en était suivi un changement dans leur manière d'être avec la famille Coulmiers. Quand elles étaient chez leur tuteur, l'exubérante Alix devenait terne, guindée; Gabrielle, à qui elle avait fait la leçon, marchait dans son ombre, ayant peur de dire ou de faire quoi que ce fût qui pût compromettre la réussite d'un projet si fragile déjà; et c'était d'autant plus frappant de les voir ainsi qu'avec leurs petites amies elles se montraient d'une gaieté presque folle.

Cette gaieté était chez Gabrielle très naturelle, mais Roger avait de la peine à se persuader qu'Alix ne s'étourdissait pas volontairement. Il en eut la certitude un jour où, traversant la place d'armes, il l'aperçut au milieu d'une bande d'enfants dont elle organisait les jeux. Elle se démenait, gesticulait, excitait la petite troupe, facilement excitable; mais elle vit Roger, lut dans son regard un étonnement qui était presque un reproche, et au lieu d'en être mécontente son cœur l'emporta.

Il lui devint intolérable de rendre plus longtemps Roger responsable de la déci-

sion prise par son père, et pour effacer un dissentiment qui s'était déjà trop prolongé, elle s'écria, répondant à une question qu'il n'avait pas formulée :

« Ah! Roger, il ne faut pas m'en vouloir de rire ainsi, il faut bien que j'amuse Gabrielle. » Elle fut même sur le point de se confier à lui; mais elle se rappela la façon dont il avait parlé des règlements de la pension, Roger se préparait à Saint-Cyr, son père l'élevait très militairement, et les militaires sont tous les mêmes, des barres de fer quand il s'agit de discipline.

« Il ne me comprendra pas, » se dit-elle tristement, et elle renonça à lui parler.

Pourquoi donc était-il inexorable devant ce qu'il considérait comme son devoir ?

Le devoir! Alix était bien près de le prendre en grippe...

Le jour du départ est arrivé.

Elles sont à la gare, pressées contre Mme Coulmiers qui leur sourit à travers ses larmes.

Elle eût voulu les gâter longtemps encore, du moins a-t-elle veillé à ce que rien ne leur manquât.

Comme dernier cadeau, elle leur a offert à chacune un joli sac de cuir, dans lequel elle a partagé le contenu du panier de marché, peu de circonstance. Gabrielle portait en outre, savamment empaquetée, sa bouture de rosier. Le colonel fait enregistrer les bagages, Gabrielle pleure doucement.

Elle n'a plus aucun espoir d'échapper à tante Hortense.

Alix ne pleure pas; mais son regard est si sombre que Roger en est impressionné.

Il appelle leur attention sur une petite fille qui vient d'arriver avec un monsieur âgé et un officier plus jeune. L'officier connaît le colonel, et ils échangent quelques mots. Mais que se passe-t-il ? une ordonnance remet un pli au colonel qui, en en prenant connaissance, laisse échapper un geste de contrariété. Un instant il hésite, puis il rejoint l'officier et le vieux monsieur qui accompagnent la petite fille; un colloque s'engage, le vieux monsieur sourit comme s'il acquiesçait à un service qu'on lui demandait; la fillette cherche du regard Alix et Gabrielle.

Le colonel revient et s'explique; un contre-temps des plus fâcheux : le général de corps d'armée annonçait son arrivée, il lui était impossible de s'absenter, et, s'il était encore temps d'aviser le pensionnat pour éviter qu'on envoie au-devant d'Alix, il n'en était pas de même pour Mme de la Pichardière qui avait peut-être quitté Coucy-les-Étangs pour se rendre à Meaux. D'ailleurs, il était inutile de rééditer pour les enfants une scène d'adieu. Le père du capitaine Laforest, venu pour passer quelques semaines chez ses enfants, rentrait à Paris et aurait l'obligeance de se charger des deux sœurs. Le colonel l'avait mis au fait de ce qui était convenu pour Meaux, et, à la gare de l'Est, on trouverait à Paris la personne venue à la rencontre de la petite pensionnaire. Le vieillard avait avec lui sa petite-fille, orpheline de père et de mère, et qu'il élevait; les fillettes feraient le voyage dans les meilleures conditions.

Habitué à dénouer rapidement les difficultés, il arrangeait tout avec sa rondeur militaire. Le vieillard et son fils vinrent saluer Mme Coulmiers, la petite Jeanne tendit gentiment la main à ses compagnes de voyage.

« Vous me sortez d'un réel embarras, Monsieur, » dit le colonel au vieillard.

C'était surtout Alix qui était sortie d'embarras. Le projet entrevu comme un rêve de se substituer à Gabrielle pouvait devenir une réalité; ce qu'il était impossible de tenter avec son tuteur allait être faisable. Elle glissa à l'oreille de Gabrielle un mot rassurant. Roger n'entendit pas ce mot; il vit seulement leurs visages s'éclairer; elles ne prenaient pas la précaution de dissimuler leur joie.

Mais le train est en gare, vite on choisit un wagon, on y place les menus bagages; ce sont les adieux : « Vous nous écrirez!

— Et vous aussi, n'est-ce pas ?

— Au revoir, colonel, au revoir, Madame; merci encore. Roger, ne nous oubliez pas.

— C'est entendu, dit le colonel à M. Laforest. A Meaux, vous voudrez bien remettre l'enfant, soit au chef de gare, soit à Mme de la Pichardière.

— Laquelle des deux enfants vient jusqu'à Paris? » demanda le vieillard.

Sa question passait par-dessus deux petites têtes qui s'encadraient dans la portière. Gabrielle se sentit brusquement tirée en arrière par sa sœur; toutes deux disparurent.

Le colonel ne put désigner la future pensionnaire.

« Elles ont mes instructions, » dit-il.

Le train s'ébranle, des bras indistincts agitent des mouchoirs; mais les frimousses ne reparaissent plus; Roger aurait cependant bien voulu les revoir encore; pourquoi cette disparition? Il a le cœur serré; les instructions de son père ne lui semblent pas en lieu sûr dans la cervelle d'Alix, et cependant il est sûr, très sûr, qu'il ne peut rien sortir que de très bon du cœur d'Alix.

CHAPITRE IV

L'EVASION

Le train emporte les deux sœurs.

Plus tard, beaucoup plus tard, elles pourront se faire cette réflexion qu'elles quittaient bien bénévolement des amis parfaits; mais habituées à ne rencontrer que des visages bienveillants, elles supposent qu'il en sera toujours de même. Bien jeunes et bien seules, elles ne sentent pas leur isolement; une confiance qui n'a jamais été trompée les aide à traverser, le sourire aux lèvres, une des plus graves étapes de leur vie. La séparation ne les préoccupe plus, elle sera courte, puisque rien ne vient entraver leur projet. Alix regarde ce passage à Coucy-les-Etangs comme un fait-divers sans grande importance, et Gabrielle, convaincue que sa sœur la rejoindra sous peu, s'amuse franchement du babillage de Jeanne qui, faisant l'entendue, lui donne des détails sur la vie de pension.

Elle ne la connaît cependant que par ouï-dire. En fait de pension, elle ne tâte que de l'externat; mais Jeanne sait tout, ou croit tout savoir, et elle paraît envisager l'existence sous son bon côté... pour les autres comme pour elle-même. Ses séjours chez son oncle, le capitaine, père d'une nichée d'enfants, sont toujours agréables, et elle en emporte le souvenir de parties désopilantes; mais si l'intérieur de son grand-père est moins mouvementé, elle y a pleins pouvoirs pour régner, et elle ne s'en fait pas faute; aussi prend-elle sur elle de promettre à la petite pensionnaire qu'on la fera sortir et qu'on s'amusera tout plein : on ira au cirque, patiner sur le lac du bois de Boulogne ; à Guignol, ou au Châtelet ; sur les boulevards, jouer dans un parc. Gabrielle écoute, tentée déjà par les attractions qui vont surgir et n'ayant qu'un regret qu'elle exprime :

« Oh! si Alix pouvait être avec nous, comme on s'amuserait! »

Jeanne se tourna tout d'une pièce vers Alix :

« Ce n'est pas vous qui entrez en pen-

sion ? » lui demanda-t-elle suffoquée ; car elle jugeait comme le colonel que le caractère décidé de l'aînée des sœurs la rendait plus apte que sa cadette à se plier à l'existence de pensionnaire.

Mais c'était justement son caractère audacieux qui l'avait portée à préméditer un coup de tête, dont elle ne pesait aucune des conséquences, pas même celle qui eût été faite pour l'arrêter, le mécontentement de son tuteur quand il apprendrait qu'elle avait méconnu ses ordres.

N'ayant plus de ménagements à garder, elle répondit :

« Aujourd'hui, ce sera Gabrielle; mais je la rejoindrai bientôt.

— J'aurais parié que c'était vous, dit Jeanne.

— Qu'auriez-vous parié? » demanda Gabrielle, en cherchant autour de Jeanne ce dont, le cas échéant, elles auraient pu devenir propriétaires.

Jeanne regarda son aïeul d'un air malicieux, et dit en riant :

« Je vous aurais volontiers cédé le beau chapeau de grand-père; il est si encombrant! »

Elle désignait une boîte qui contenait un chapeau haut de forme. Le vieillard sourit :

« Mais, ma petite fille, tu devrais comprendre que je ne puis voyager sans emporter un chapeau de cérémonie. Il y a des circonstances où on ne peut s'en passer. »

Il avait tout à fait les manières d'autrefois, ce bon grand-père, et il avait conservé un certain décorum qu'on a le tort de trouver suranné. Il ne savait pas que le huit-reflets le plus impeccable n'eût pu ajouter au respect qu'il inspirait, et Alix en eut le sentiment si vif, que son premier remords naquit de la pensée qu'elle allait le tromper. Elle eut presque envie de le prendre pour confident, de lui tout expliquer; ce secret était décidément trop lourd à porter; elle ne serait pas fâchée de s'en décharger de moitié. Ce grand-père la comprendrait mieux que Roger n'eût pu le faire, et afin d'éviter à Gabrielle des épreuves dont elle ne sortirait jamais, il se rangerait sûrement de son parti.

Justement il la regarde; aurait-il deviné qu'elle a envie de lui parler?

Il la regarde.

Quels jolis yeux il a; sous les sourcils blancs, ils font l'effet de myosotis qui se cacheraient sous la neige, et quel regard limpide! Jamais ce grand-père-là n'a dû connaître la haine; jamais il n'a dû en vouloir à personne. Si elle lui découvre ses sentiments pour tante Hortense, ne sera-t-il pas épouvanté ?

Une crainte la saisit ; elle a peur de lire un reproche dans ce regard; elle ne parlera pas ; elle ne veut pas fâcher ces jolis yeux myosotis.

Mais elle n'est plus aussi certaine de bien agir, et tout en pensant encore qu'elle accomplit un sacrifice, elle a hâte de l'avoir consommé. Elle est agitée; elle ne tient plus en place, consulte l'indicateur, s'enquiert de l'heure.

Complaisamment le vieillard prend sa montre et l'ouvre; c'est une montre ancienne, à double boîtier; les pierres qui l'encerclent forment cadre à une figure de bébé.

« Est-ce un petit enfant que vous avez perdu? demanda Gabrielle, qui pensait à leurs portraits à elles, le groupe chéri.

— C'est mon petit-fils, répondit-il, mon pauvre petit Paul, le frère de Jeanne; il a disparu dans de terribles circonstances qui ont coûté la vie à ses parents. Jamais nous n'avons eu la certitude de sa mort; mais jamais non plus nos démarches ne nous ont permis de croire qu'il ait survécu! »

Jeanne embrassa le vieillard, et se serrant tendrement contre lui :

« Je vous reste, grand-père, dit-elle, et je vous aime tant! »

Alix remarqua que la main de M. Laforest tremblait en refermant le boîtier; mais il reprit, faisant effort pour surmonter son émotion :

« Nous serons à Meaux dans une heure, ma petite. »

Alix lui fait signe de parler plus bas, et lui montre Gabrielle. Il comprend qu'elle veut éviter à sa sœur l'appréhension de la séparation qui approche.

« Quelle brave petite! » se dit-il.

Il ne se doute pas que la *brave petite* s'apprête à le rouler comme dans un bois.

Cette dernière heure passe très vite.

« Déjà Meaux! »

Alix saute prestement sur le quai et cherche des yeux parmi les personnes qui s'y trouvent si l'une d'elles répond au signalement qu'elle se fait de sa tante.

M. Laforest la suit plus lentement; il cherche aussi; le chef de gare vient vers eux, et leur dit :

« Je suis chargé par Mᵐᵉ de la Pichardière de recevoir une petite-fille...

— C'est moi, c'est moi qui vais chez tante Hortense, lui dit Alix sans lui laisser le temps d'achever.

— Oui, c'est elle, dit M. Laforest, compromis pour la première fois de sa vie dans un complot.

— Mᵐᵉ de la Pichardière n'a pu venir elle-même au-devant de sa nièce, reprit le chef de gare; elle m'en a avisé et je confierai l'enfant à des personnes sûres. »

Il emmène Alix; mais un cri déchirant parvient à la fillette.

« Embrasse-moi, sanglote Gabrielle, dis-moi que tu me rejoindras bientôt. C'est trop affreux de se quitter! »

Alix a le courage de ne pas se retourner, et sans doute le grand-père a fait entendre raison à Gabrielle, car les cris s'apaisent.

Le train repart; le chef de gare réitère à la fillette la promesse de la confier jusqu'à la fin du voyage à une personne de tout repos. C'est le jour du marché; bon nombre de maraîchères de Coucy-les-Étangs sont venues à Meaux, on n'aura que l'embarras du choix. La correspondance partirait dans une demi-heure.

Elle passa cette demi-heure dans la salle d'attente; malheureusement, retenu par son service, le chef de gare ne revint la chercher qu'au dernier moment. Les maraîchères remplissaient déjà les wagons du train de Coucy-les-Étangs, et ce fut dans un compartiment complet que la petite fut introduite par son protecteur qui, s'adressant à l'une des voyageuses, lui dit :

« Madame Leclerc, je pense que cela ne vous dérangera pas beaucoup de remettre cette enfant à sa tante, Mᵐᵉ de la Pichardière. »

Mᵐᵉ Leclerc, qui avait dû faire une bonne recette, si on en jugeait par son visage épanoui et par l'amoncellement de paniers vides qu'elle remportait de la ville, répondit de son air le plus jovial :

« Et quand cela me dérangerait, monsieur le chef de gare, c'est bien le moins qu'on se gêne pour son prochain, n'est-ce pas, Mesdames ? » ajouta-t-elle en se tournant vers ses voisines, aussi chargées qu'elle de bourriches et de paniers vides.

Elles répondirent en se serrant les unes contre les autres, et Alix se trouva assise vis-à-vis de Mme Leclerc entre deux grosses matrones qui lui faisaient des signes amicaux, en lui disant qu'on allait finir par se tasser, et que l'on serait très bien.

Seule, une dame revêche qui occupait un coin du wagon n'avait pas bronché, et avait même paru trouver intempestive l'apparition du chef de gare; elle avait l'air maussade; et le départ du train lui causa un visible soulagement.

Dans ce milieu peu engageant, Alix eut un moment de découragement. N'ayant plus pour la stimuler la présence de Gabrielle, elle s'épouvantait de son entreprise; l'appel angoissé de sa sœur, appel auquel elle avait dû ne pas répondre, retentissait à ses oreilles, et peut-être eût-elle éclaté en sanglots si... elle n'avait pas eu pour vis-à-vis Mme Leclerc. Mais elle avait pour vis-à-vis Mme Leclerc; soudain, ses traits se détendirent, se dilatèrent même, et au lieu d'un sanglot, un éclat de rire lui échappa, irrésistible.

Le visage épanoui de Mme Leclerc surmontait l'amoncellement de paniers que, faute de place, elle tenait sur ses genoux, et pour en assurer l'équilibre, elle maintenait avec son menton le panier qui couronnait l'édifice. Or, dudit panier s'échappait un miaulement qu'avec très peu de malice on pouvait attribuer à la bonne femme. L'idée n'avait pas manqué d'en venir à Alix, et elle riait de bon cœur, tandis que Mme Leclerc, qui ne pouvait se croire le sujet de cette hilarité, y ajoutait encore en dodelinant la tête pour calmer le chat, avec qui elle entretenait conversation.

« Te tairas-tu! voyons, tu n'es pas gentil, une cliente me demande de la débarrasser de toi, je t'emmène à la campagne, et je suis payée par une sérénade; il faut te taire, tu ennuies ces dames! »

Au lieu d'un miaulement, la réponse fut un aboiement qui partait du coin de wagon occupé par la dame revêche, et l'on vit la dame revêche chercher à dissimuler sous sa robe un être encore invisible auquel elle adressait recommandations et promesses :

« Paix, mon mignon, sois raisonnable;

tu sais ce que je t'ai promis si tu ne m'attires pas de désagréments. »

Mais le roquet se souciait peu des désagréments qu'il pourrait attirer à sa maîtresse; il était parvenu à dégager sa tête hargneuse; ses aboiements répondaient

LE CHEF DE GARE VINT CHERCHER
LA FILLETTE

aux miaulements du chat, les propriétaires s'invectivaient dans les termes les moins courtois; c'était une cacophonie à assourdir les gens.

« Ouah ! ouah !

— Miaou!

— C'est vous qui avez provoqué mon chien.

— C'est votre chien qui excite mon chat.

— Miaou!

— Avez-vous fini de miauler?

— Ouah! ouah!

— Et vous d'aboyer?... »

Les autres voyageuses s'en mêlaient; toutes se rangeaient du parti de la race miaulante, car la dame revêche était peu sympathique.

« Il y a des fourrières pour les chiens enragés! disait l'une.

— Et des asiles pour les têtes détraquées, disait une autre.

— Savoir ce qu'elle lui a promis pour qu'il soit raisonnable!

— Paix, paix, répétait la dame revêche; paix, mon mignon; montre-toi mieux élevé que ces dames. »

« Ah ça, c'est donc le wagon des bêtes ici? »

La porte qui donnait dans le couloir venait de s'ouvrir, la tête d'un gamin d'une quinzaine d'années se montra dans l'entre-bâillement. Ce fut pour la dame revêche une diversion heureuse; le roquet craintif ne fit aucune difficulté pour se laisser réintégrer dans sa cachette; les maraîchères s'étaient tournées vers le gamin, et Mme Leclerc, se faisant leur porte-voix, s'écria :

« Le wagon des bêtes, insolent! c'est le wagon des Dames, veux-tu disparaître! »

Le gamin regarda Alix perdue entre les dames, les bêtes et les paniers, et il s'écria :

« Oh! qu'est-ce que vous faites là, vous? »

Mais une de ces dames s'étant plainte du courant d'air, il referma la porte.

« C'est un diable à quatre, dit Mme Leclerc, donnant des explications qu'on ne lui demandait pas. Il est le petit-fils d'un vannier qui s'est échoué à Coucy-les-Etangs, voilà bientôt quatre ans, entre parenthèses, il ne me revient pas, ce vieux Sébastien; il a des allures louches qui donnent à penser, mais ses paniers sont solides et pas chers, ce qui lui vaut ma pratique; il a d'ailleurs une bonne clientèle, et le gamin colporte alentour les paniers, suspensions, jardinières, et aussi une autre marchandise dont il a à revendre, et qui ne s'épuise jamais, c'est sa malice, si bien qu'il est connu dans tout le pays; mais il s'exerce surtout à Coucy-les-Etangs; il a pris en grippe Pétronille, la domestique de Mme de la Pichardière, et il n'est pas de tours qu'il ne lui joue.

— Oh! celle-là, dit une habitante de Coucy-les-Etangs, elle est si peu maligne qu'il doit y avoir quelque plaisir et pas grand'peine à la faire tourner en bourrique.

— Il pourrait du moins, par égard pour sa maîtresse, ne pas la poursuivre au donjon, dit vivement Mme Leclerc, Mme de la Pichardière est une femme qui...

— Qui a bec et ongles pour se défendre, interrompit une commère, elle connaît sa Pétronille, et si les farces de ce diable lui déplaisaient trop, elle trouverait moyen d'y mettre fin.

— Possible, possible, approuva Mme Leclerc, mais vous ne m'empêcherez pas de trouver qu'il ferait mieux de s'adresser par exemple à cette nouvelle soubrette de Mme Denin, une certaine Lina qui ne me dit rien de bon avec sa tignasse jaune et ses airs de Sainte-Nitouche; en voilà une que je mettrais volontiers dans le même sac que Sébastien pour les jeter à l'eau avec une pierre au cou. »

Il était si difficile de s'imaginer Mme Leclerc remplissant semblable fonction qu'Alix se montra peu émue de son sinistre désir, et la conversation ayant dévié pour devenir d'un terre-à-terre des plus monotones, la fillette se prit à regretter d'être dans le wagon des Dames. Ce diable à quatre ne l'épouvanterait pas, et il l'amuserait au moins. Quel voyage interminable! le train qui faisait la navette entre Meaux et Coucy-les-Etangs marche lentement, les voyageuses se taisent, elles finissent par somnoler, les bêtes aussi. Mais d'où provient ce miaulement ineffablement doux, prolongé?

Le roquet se dresse, aboyeur.

Arrachées à leur somnolence, les maraîchères tressautent sur les banquettes.

« Préparez les billets, s'il vous plaît! » crie une voix dans le couloir.

Chacune des honnêtes voyageuses cherche son billet; la dame au chien tient ostensiblement le sien; mais quelle rougeur! quel effarement! et quels efforts pour faire taire son roquet! Il a semblé à Alix que le miaulement, fort bien imité d'ailleurs, ne sortait pas du panier ; il lui a semblé que la voix du soi-disant conducteur avait quelque analogie avec celle du diable à quatre... aucun employé ne se présente, on entend seulement dans la coulisse une chanson moqueuse :

« La mère Michel a retrouvé son chat; mais le billet du roquet, qui le retrouvera? »

Alix devine la vérité; quand, à la première bagarre, le gamin avait passé la tête à la porte du wagon, l'embarras de

la dame revêche ne lui avait pas échappé;
il avait flairé une fraude ; il la dévoile.
Elle admire sa perspicacité; les bonnes
femmes ne s'y trompent pas davantage;
elles comprennent qu'il est l'auteur de la
panique, et devant l'air troublé de la coupable, elles ne peuvent retenir un rire
homérique; mais elles ne sont pas
méchantes, et elles promettent à la voyageuse de lui prêter assistance si ce mauvais diable renouvelle devant les employés
sa tentative de dénonciation.

Il était capable de tout !

Il n'était cependant pas capable d'une
telle perfidie, car il s'en tint quitte pour
la peur qu'il avait causée. A l'arrivée, on
ne le revit plus, et cernée par les voyageuses qui lui servaient de rempart, la
dame au roquet put franchir, sans être
inquiétée, les fourches caudines de la
porte de sortie.

Alix aussi a franchi cette porte, émue
d'une autre manière; le moment psycho-
logique est arrivé pour elle; elle a lieu de
penser que tante Hortense doit l'attendre.

Mais non, personne!

« Il ne faut pas que cela vous tourmente, lui dit Mme Leclerc, qui ne pouvait se douter qu'elle était loin de mourir
d'envie d'embrasser sa tante. La première
venue vous indiquerait *le Donjon*, propriété de Mme de la Pichardière; et je ne
suis pas la première venue; je vais donner votre bulletin de bagage à un com-
missionnaire qui se chargera de votre
malle, et nous irons de l'avant. »

Mais *aller de l'avant* était pour Mme Leclerc louvoyer d'une terrible façon; elle
rapportait des commissions pour tout le
monde, et faisait un petit crochet par-ci,
un petit crochet par-là, sans compter les
causettes avec les passants; elle donnait
à chacun un brin de détails; brin sur
brin, cela finissait par faire des gerbes,
et Alix trouvait ces arrêts fastidieux.

Un peu plus tôt, un peu plus tard, il
fallait bien en arriver à se présenter
devant tante Hortense; à un nouveau crochet de la bonne femme, résolument elle
la laissa et continua son chemin. Si tout
le monde connaissait Mme de la Pichardière, on lui indiquerait sa demeure. Mais
après avoir, dans les environs de la gare,
croisé pas mal de monde, elle marcha
pendant plus d'un quart d'heure sans rencontrer âme qui vive. A tout hasard, elle
suivait la grande route, n'accordant pas
un coup d'œil au pays, rendu pittoresque
par les groupements d'arbres qui de-çà,
de-là, se miraient coquettement dans les
étangs, auxquels Coucy devait sa dénomi-
nation spéciale. Elle ne voyait que la
route, qui semblait s'allonger à mesure
qu'elle avançait ; son sac de voyage lui
pesait; elle traînait la jambe; cependant,
tant de tribulations, loin de l'abattre, la
stimulaient au contraire.

« Que deviendrait Gabrielle si elle était
à ma place, pensait-elle ; si mon tuteur
avait prévu les péripéties de mon voyage,
c'est certainement moi qu'il aurait envoyée
chez tante Hortense. Chère petite Gabrielle, tu es en sûreté, toi, entre Jeanne
et le bon grand-père. »

CHAPITRE V

LE TROUPEAU D'OIES

Tout a une fin, et Alix aperçut le mur de clôture d'une propriété située à l'entrée du village. Sur la route, échelonnées dans le fossé qui bordait le mur, sept petites filles étaient assises, s'étageant par rang de taille ; l'aînée pouvait avoir onze ans, la dernière n'en comptait certainement pas plus de quatre.

Elles portaient toutes le même petit uniforme blanc; une robe de serge, serrée à la taille par une ceinture de cuir; un béret de laine également blanc enserrait leurs cheveux, dont il laissait ignorer la nuance, sauf chez la toute petite, qui avait repoussé à demi sa coiffure de laine, à la grande satisfaction d'une boucle brune qui batifolait au gré du vent, heureuse d'être libre.

« Je vais avoir mon renseignement, » se dit Alix, et s'adressant à l'aînée des sœurs, la première en ligne :

« Pouvez-vous, lui dit-elle, m'indiquer la demeure de Mme de la Pichardière? »

La fillette regarda avec des yeux effarés cette inconnue qui surgissait inopinément, et, soit timidité, soit manque d'habitude de répondre aux questions impromptues, elle baissa la tête en mettant un doigt dans sa bouche.

« C'est une oie, » pensa Alix, et passant à la cadette, elle réitéra sa question; mais la cadette ayant vu le geste du chef de file, ne pouvait mieux faire que de l'imiter; elle baissa la tête en mettant un doigt dans sa bouche.

« C'est un troupeau d'oies, » se dit Alix, en regardant la troisième, la quatrième, la cinquième et la sixième petite fille, qui n'avaient pas même attendu la question pour se mettre au port d'armes, la tête basse, le doigt dans la bouche.

La septième tourna bien vers Alix un minois fort éveillé, malheureusement, elle était trop petite pour donner le renseignement, et Alix répéta tout haut cette fois :

« C'est un troupeau d'oies! il n'y a pas d'erreur! »

Au même moment, une voix bruyante se fit entendre, éclatante comme un son de trompette, ponctuée par un accent plus bref, plusieurs fois répété; à s'y méprendre, le cri particulier à l'oie. En se retournant, Alix vit le diable à quatre, et de s'être si bien rencontrés tous les deux pour caractériser les petites filles leur donna le fou rire.

Mais en reconnaissant le gamin, six des petites filles s'étaient levées, et, battant l'air de leurs bras, comme des oiseaux qui essaient leurs ailes, elles s'enfuirent vers la grille de la propriété, en criant :

« C'est lui, c'est encore lui! »

La toute petite n'avait pas crié; elle n'avait pas l'air effarouché; cependant, elle s'était levée aussi, et comme elle se pressait pour suivre ses sœurs, elle trébucha et roula à terre, ce qui lui arracha un cri.

En deux bonds, avant Alix qui se précipitait aussi, le diable à quatre fut près d'elle; il la releva, et comme les aînées faisaient bravement volte-face pour délivrer la benjamine, à leur barbe, il embrassa la petiote qui riait tout plein maintenant, puis il la remit à terre, fit une pirouette à l'adresse des aînées, et, se plantant devant Alix, il lui dit en levant les épaules :

« C'est le cas de le dire, on ne trouve leurs semblables que dans les étangs.

— C'est ce que je pensais, dit Alix en riant, elles n'ont même pas pu m'indiquer l'adresse de ma tante, Mme de la Pichardière.

— Ce n'est pourtant pas malin; suivez la grande rue du village; arrivée sur la place de l'église, prenez le premier chemin à droite, et vous verrez une grosse tour ronde agrémentée de clochetons; c'est le Donjon. Je vous y conduirais volontiers; mais faire votre entrée à Coucy-les-Etangs sous l'escorte d'un diable ne serait pas précisément vous faire voir d'un bon œil. Pour votre bagage, c'est moins compromettant; s'il vous embar-

LE JEUNE GARÇON INDIQUA A ALIX LE CHEMIN A SUIVRE

rasse, confiez-le moi; je le déposerai sur le seuil de la petite porte à laquelle vous devrez sonner. Sonnez une fois, deux fois, trois fois, ne vous étonnez pas si on ne vous répond pas tout de suite ; on est très occupé au *Donjon* aujourd'hui : grande lessive, confection de confitures!... »

Alix lui confia son sac et il s'éloigna; mais au bout de quelques pas, se retournant :

« Surtout, lui cria-t-il, sonnez à la petite porte, pas au portail. »

Et comme elle l'interrogeait du regard :

« Le portail ne s'ouvre que dans les grandes occasions, par exemple le dimanche, quand Mme de la Pichardière et sa fidèle servante Pétronille vont à la grand'-messe. »

Et il partit, pour tout de bon, en chantant sur un air de son invention :

> *J'aime bien les confitures,*
> *Mais je puis, sans me flatter,*
> *Compter sur la déconfiture*
> *De n'en pas goûter oh ! gué,*
> *De n'en pas goûter !*

Suivant les indications qui venaient de lui être données, Alix enfila la rue du village, prit à droite de la place de l'église une route assez large, et aperçut tout de suite une tour massive qui formait aile à une bâtisse irrégulièrement construite. Dans le parc, de grands arbres se groupaient comme en bouquets, irrégulièrement plantés, eux aussi, afin sans doute de ne pas détonner par leur symétrie sur l'ensemble évidemment ancien et rococo du domaine — rococo, si on peut l'être, quand chaque printemps pique des fleurs dans les ruines et fait éclater des bourgeons sur les arbres séculaires.

Alix longea un mur qui lui semblait s'étendre à perte de vue et elle aperçut bientôt sur la marche usée d'une porte enguirlandée de lierre, la sacoche que le gamin avait, selon leurs conventions, placée là comme enseigne.

Elle sonna une fois, deux fois, trois fois ; le diable à quatre l'avait avertie qu'on tarderait à venir lui ouvrir; il avait compté sans l'impatience de la fillette, et aussi sans sa fatigue. Arrivée au terme de son voyage, au terme d'une journée si féconde en émotion, elle avait un besoin de repos qui atténuait même l'appréhension qu'aurait pu lui causer sa première entrevue avec Mme de la Pichardière; le jour baissait; devant cette porte close, en

dépit de sa bravoure, elle se sentit envahie par le désir d'un abri, d'un toit passager, et, dédaignant le conseil reçu, elle prit son sac et se dirigea délibérément vers l'entrée principale, une porte massive, qui se trouvait à quelques mètres de la petite porte verdoyante.

Cette fois, son premier coup de cloche fut entendu; de l'intérieur, une voix cria :

« C'est elle, Pétronille, ce ne peut être qu'elle, va ouvrir, ma fille. »

Un bruit de sabots sur les dalles de la cour, une clef introduite dans la grosse serrure, le lourd battant de fer s'ébranlant et... Plouf! Un récipient plein d'eau, habilement agencé de façon à donner une douche à la personne préposée à l'ouverture de la porte, fit son office inconscient, et Pétronille reçut l'avalanche qui lui était ménagée pour le dimanche suivant.

« Le misérable! le bandit! c'est le diable en personne ce gamin-là, il faut le faire exorciser. »

Alix n'eut pas de peine à deviner à quelle adresse allaient ces invectives, et pas un instant, elle ne soupçonna Pétronille d'un jugement téméraire. Le soin qu'avait pris le gamin à lui recommander de ne pas sonner à ce portail l'assurait qu'il avait voulu lui éviter une réception aussi humide, et malgré cette délicate attention, il eût peut-être baissé dans son estime si la vue de Pétronille ruisselante, éplorée, n'eût pas été grotesque.

D'une taille athlétique, elle levait ses grands bras vers le ciel comme pour en appeler à la justice divine; son bonnet, d'un blanc douteux, déteignait en noir sur ses tempes, et là-haut, au-dessus de sa tête, hors d'atteinte même de ses bras géants, se balançait le récipient qui lui versait pour solde ses dernières gouttes d'eau.

« Joli spectacle! Vas-tu poser longtemps pour la naïade? Tu n'as que ce que tu mérites, ma fille; tu lui fais un mauvais parti à ce garçon avec ta langue de vipère, et il se venge. Va te mettre au four, cela te séchera, et laisse entrer ma nièce. »

C'était dit par une femme d'une soixantaine d'années qui se tenait sur le seuil de la maison. Aussi petite que Pétronille était grande, tout en elle était agité : ses bras qui se tendaient dans un geste de bienvenue, sa tête, qui imprimait une danse folâtre aux papillotes qui lui encadraient le visage, et les phrases qui tombaient de ses lèvres n'exprimaient pas plus d'impatience que les yeux noirs qui, tout petits points sur ce visage vieillot, le transformaient par leur regard très fin.

Alix et tante Hortense étaient en présence.

« Avance, petite, avance donc, il n'y a plus de danger; Pétronille a tout reçu; mais tu arrives seule? J'avais cependant pris mes mesures pour...

— Excusez-moi, madame de la Pichardière, M. le chef de gare a bien rempli son mandat; c'est moi qu'il a chargée de vous amener la petite; je me suis attardée en chemin, elle a pris les devants. »

Mme Leclerc surgissait, un peu confuse de n'avoir pas elle-même introduit l'enfant, mais Mme de la Pichardière, s'inquiéta peu de ses excuses. Alix était arrivée, c'était le principal; elle congédia la bonne femme, ne pensant qu'à sa nièce.

« Comme tu es grande, lui dit-elle; on m'annonçait une enfant de neuf ans; tu promets pour l'avenir ; mais avance donc. »

Alix avançait doucement; la réflexion de sa tante la troublait; sa supercherie s'accusait d'elle-même; sa taille la trahissait. Elle n'eut pas heureusement à produire son extrait de naissance; la tante continuait :

« Enfin, peu importe, tu es ma nièce ; je suis ta tante; la présentation est faite, S'embrasse-t-on ? Ne s'embrasse - t - on pas? »

Alix, plus émue qu'elle ne le croyait, désorientée par ce sentiment d'isolement qui venait de l'envahir, se fût certainement laissée embrasser si cette question directe qui la rendait juge de la situation ne lui en eût aussi rendu la responsabilité; elle se ressaisit suffisamment pour se rappeler qu'elle entrait en ennemie chez tante Hortense, et elle fit un mouvement de recul si prononcé que Mme de la Pichardière en comprit le sens.

« On ne s'embrasse pas? soit! Cela viendra plus tard ; c'est mieux ainsi. Je déteste les témoignages forcés d'une amitié qu'on n'éprouve pas, qu'on ne peut éprouver qu'à la longue. Nous nous aimerons plus tard. »

Alix n'articula aucun son; mais le mouvement de ses lèvres disait si clairement « non » que la tante Hortense ne put s'y méprendre :

« Je sais à quoi m'en tenir, dit-elle sans s'émouvoir; c'est franc, au moins; j'aime la franchise; quelle paire d'amies nous allons faire! »

Elle lui avait pris la main et l'entraînait vers le Donjon, dont le rez-de-chaussée formait une pièce très grande, aux boiseries de chêne; mais les boiseries sombres étaient percées de larges baies, qui

ALIX ÉTAIT EN PRÉSENCE DE TANTE HORTENSE

permettaient au jour de se donner libre carrière dans la salle, et Alix remarqua tout de suite l'assemblage bizarre de meubles et de bibelots qui en paraissait faire un magasin d'antiquités.

Qui donc s'était jamais assis devant cette harpe dont les cordes muettes gardaient le secret des mélodies d'antan? et ce rouet, perché sur une armoire, si haut que Pétronille malgré sa taille ne pouvait l'atteindre sans échelle, qui donc en avait fait usage pour filer le linge dont s'emplissait, au temps des grand'mères, l'armoire qui, aujourd'hui, servait au rouet de support ?

A quelle époque lointaine pouvait remonter cette chaise à porteur, qui fit ouvrir de grands yeux à la petite voyageuse qui, dans ces temps modernes, venait de faire la dernière partie du trajet dans la poussière des chemins? Il y avait donc eu au Donjon des marquises et des valets, des musiciennes et des fileuses, et tout cela s'était anéanti, sans doute le jour où s'était arrêtée cette horloge qui représentait une pastorale.

Elle n'avait pas toujours été arrêtée cette horloge; il fut un temps où ce berger accomplissait sa mission de jouer à toute heure un air de musette à sa Bergère qui le saluait autant de fois que le timbre comptait ses petits coups réguliers, de un à douze.

Mais était-ce la bergère qui s'était lassée de la ritournelle du berger? était-ce le berger qui s'était lassé des saluts automatiques de sa bergère? Le petit cadran ne marchait plus.

« Comment t'appelles-tu, petite? »

Cette question arracha Alix à sa contemplation ; elle répondit :

« Je m'appelle Alix » en se félicitant que le colonel n'ait pas révélé le nom de la fillette dont il passait la tutelle à la tante Hortense.

« Eh bien, Alix, ôte ton chapeau, ton manteau; tu es ici chez toi, puisque tu es mon ... »

Sa phrase fut interrompue par l'arrivée de Pétronille. Son visage rougi attestait l'ardeur qu'elle avait mise à le frotter pour le sécher. Elle portait un plateau sur lequel étaient une petite baratte de beurre, un pain de trois livres, une jatte de crème ; cela pouvait manquer d'élégance ; c'était du moins confortable.

« La petite doit avoir faim, dit-elle en entrant.

— Pour une fois, s'écria M⁽ᵐᵉ⁾ de la Pichardière, tu as plus d'esprit que ta maîtresse. N'avoir pas songé à lui offrir à goûter. Assieds-toi près de moi, petite, et mange à ton appétit ; je vais te donner l'exemple je meurs de faim; je travaille depuis ce matin comme une mercenaire; c'est une de mes journées les plus chargées de l'année : les confitures, la lessive; c'est pour cette raison que je n'ai pu aller au-devant de toi. »

Alix fit la remarque que le diable à quatre était fort bien informé : elle remarqua aussi le bel appétit de sa tante : l'exemple était bon à suivre. M⁽ᵐᵉ⁾ de la Pichardière avalait tartine sur tartine, bol de lait sur bol de lait; elle avait évidemment besoin de réparer ses forces. Certes, Alix ourdissait contre son hôte les plus noirs desseins; mais son pain était bon; son beurre aussi ; sa crème succulente ; un appétit de treize ans ne s'impose pas un jeûne cruel devant une table abondamment servie, et elle dévorait à belles dents la croûte dorée quand un coup de sonnette annonça l'arrivée de sa malle, ou plutôt de la malle de Gabrielle; sa terreur la saisit de nouveau; sa tante allait tout découvrir, et elle serait conduite en pension, sans honneur pour elle, et sans profit pour Gabrielle; car l'échange des fillettes aurait lieu, et chacune d'elles reprendrait avec son bagage la place que lui avait assignée le tuteur.

« Quelle singulière mine tu fais, lui dit sa tante; tu ne reconnaîs pas ta malle. L'adresse ne laisse pas de doute : « Madame de la Pichardière, au Donjon, Coucy-les-Étangs » on va la porter dans ta chambre, suis-moi. »

Elle la suivit, et fut introduite dans une chambre aux proportions si vastes que les meubles y paraissaient des jouets de poupée. Ils étaient cependant eux-mêmes d'une taille respectable.

Tout le contenu de la malle tiendrait dans le tiroir rebondi de cette commode; cette garde-robe était une chambre, et ce lit, mon Dieu ! ce lit ! sa vue seule effraya l'enfant.

« Quand tu auras rangé tes affaires, tu redescendras, lui dit sa tante; je n'ai pas de temps à perdre, et tu pourras nous aider. »

Alix resta seule, et elle se sentit toute petite dans la chambre trop grande; isolée sans la petite sœur dont, aussi loin que remontaient ses souvenirs, elle avait toujours vu le lit près du sien; cette maison lui sembla être une prison; mais la prison était sans barreaux, et avec le besoin d'une échappée hors de cette geôle, elle courut à la fenêtre, l'ouvrit, et que vit-elle? A droite, tout près, sur ce beau chêne dont les branches s'y prêtaient, des mésanges avaient leurs nids.

De sa fenêtre elle apercevait les petites têtes s'agiter, cherchant la position commode pour dormir.

« Sont-ils heureux, » se dit Alix, en pensant à leur nid à elles, qu'une dernière séparation venait de détruire.

Une grosse larme allait s'échapper de

ses yeux, elle la refoula et son chagrin se changeant en colère contre la tante qui l'avait séparée de sa sœur : « Elle ne m'a pas pour longtemps, murmura-t-elle; elle m'a recommandé d'aller la rejoindre, mon premier soin doit être de désobéir; je ne descendrai pas: la guerre est allumée. »

Elle avait tendu la main vers le nid pour prendre les mésanges à témoin de son serment ; mais afin de leur assurer que cette provocation ne les regardait pas, avant de refermer la fenêtre, elle leur envoya un baiser; puis avisant une large bergère, elle s'y effondra avec l'intention formelle d'y attendre... quoi donc?

CHAPITRE VI

UNE SINGULIERE LESSIVE

« Ma petite Alix,

« Je pleure depuis que tu m'as quittée.

« Je ne savais pas que ce serait si triste
« de ne plus te voir.

« Le grand-père et Jeanne sont très
« bons pour moi, ils font ce qu'ils peu-
« vent pour me consoler; mais comment
« veux-tu que je me console?

« Cependant, le grand-père a trouvé
« le moyen de m'empêcher de pleurer
« trop fort, il avait dans son portefeuille
« du papier et un crayon; il m'a dit de
« t'écrire; ce n'est pas très commode, à
« cause des secousses du train; mais je
« suis sûre que tu pourras me lire.

« Nous mettrons ma lettre à la poste en
« arrivant à Paris, et il paraît que tu la
« recevras demain matin.

« Ce sera mon bonjour; mais c'est la
« première fois que nous ne nous embras-
« serons pas en nous réveillant.

« J'ai un autre chagrin, moins gros,
« beaucoup, mais gros aussi. Tu sais mon
« joli rosier ? eh bien ! Jeanne dit qu'il
« sera inutile de le planter, qu'il n'a pas
« de racines et ne prendrait pas. Je me
« demande si les petites filles ont des ra-
« cines comme les plantes et si elles pous-
« sent où on les met. Alix, Alix, tâche
« de ne pas avoir de racines ce serait trop
« triste si tu restais à Coucy-les-Etangs.
« J'aimerais mieux mourir comme ma
« fleur. »

Alix trouve cette lettre à son réveil. Il
doit être très tard, car le soleil inonde la
chambre. Près d'elle, à côté de la lettre,
un chocolat vanillé au parfum exquis, et
deux rôties bien dorées invitent au déjeuner matinal; elle est couchée dans le grand
lit. Que s'est-il passé? Depuis son baiser
aux mésanges, depuis son installation
confortable, trop confortable dans la bergère, elle a perdu la notion du temps et
des événements ; mais il ne lui est pas difficile de deviner qu'en pleine résolution
de résistance, elle s'est tout platement
endormie et qu'on l'a couchée sans qu'elle

s'en doutât. Dans ces conditions, tante
Hortense n'a donc pas eu lieu de s'éton-
ner de ne pas la voir descendre comme
elle lui avait dit de le faire; sa tentative
de rébellion avait avorté, c'était à recom-
mencer.

Elle versa quelques larmes en lisant la
lettre de sa sœur, puis afin de prendre des
forces pour la lutte qu'elle allait livrer,
elle but le chocolat, regrettant que la tasse
ne fût pas plus grande, et les rôties plus
nombreuses.

Dans le corridor, une voix qui n'a pas
pris la précaution de se mettre une sourdine, une voix de stentor crie :

« Laisse-la dormir, Pétronille, ça va la
remettre d'aplomb et nous donner le
temps d'achever notre travail. »

Ce souhait de bon sommeil qui lui
arrive à travers la cloison, ce contente-
ment exprimé par Mme de la Pichardière
de terminer son travail sans elle stimulent
Alix.

« Ah! elle veut être tranquille! cela
l'arrange que je dorme! eh bien! me voici
réveillée ; à nous deux, tante Hortense. »

Elle saute au bas de son lit, mais Pétronille lui avait joué, oh! bien innocemment, le plus méchant tour. En cameriste
émérite, elle avait pris pour les brosser
sa robe et ses bottines, et elle se trouva
dans l'alternative, ou de rester au lit, ou
de recourir au trousseau de Gabrielle.

Elle prit ce dernier parti, mais quelle
tournure lui donne cette robe dont elle
échancra le corsage pour le passer tant
bien que mal — plutôt mal que bien — et
quelle démarche lui donnèrent ces bottines dont elle se fit des savates!

La glace était si haut perchée qu'en
essayant de s'y regarder, elle aperçut seulement son visage, frondeur par avance,
et, satisfaite de l'effet qu'allait produire
son apparition batailleuse, elle descendit à la recherche de sa tante.

« Où peut-elle être? où donc peut se
faire cette fameuse lessive? » se demandait-elle, après avoir vainement parcouru

la cuisine, la cour, les communs qui attenaient à la maison. Poursuivant ses investigations, elle descendit le perron qui menait au jardin, et se trouva dans une véritable roseraie. Des roses partout! chaque parterre était un bouquet. Les espèces les plus rares s'y rencontraient comme aussi les plus vulgaires, les tons les plus chauds des trémières étaient mis en relief par leurs sœurs à peine rosées; la collection était merveilleuse.

Alix subit le charme du jardin embaumé, et en regard de tant de fleurs, songeant au rosier de Gabrielle :

« Peut-être, se dit-elle, aurait-il fleuri dans ce bon terrain? »

Ce fut sa première pensée en foulant le sol héréditaire.

Elle la repoussa comme une tentation.

Non, Gabrielle l'avait dit, il ne fallait pas prendre pied chez tante Hortense, il n'y fallait pas planter de bouture; une tante qui sépare les petites sœurs est une tante haïssable.

« Je la hais, murmura-t-elle, je la hais de tout mon cœur. »

Elle serra au fond de sa poche la lettre de la petite pensionnaire; sa pensée était loin du cadre charmant, du jardin plein de roses. La voix sonore qu'elle reconnaissait déjà l'y rappela.

« Presse-toi donc, Pétronille, ou nous n'en finirons pas. Qu'est-ce qui te prend de secouer la tête comme un cheval harcelé par les mouches? »

Une haie de buis empêchait Alix de voir sa tante; mais, en quelques pas, elle fut à l'entrée du terrain dont elle devait faire un champ de bataille, et elle se trouva en regard du plus singulier spectacle qu'elle pût imaginer.

Devant un mur, exposés au soleil, à une corde tendue à cet effet, étaient alignés, sur une longueur très notable, des tableaux de toutes dimensions, de toutes formes, qui tous représentaient évidemment des portraits de famille.

Elles étaient là en pleine lumière, les belles dames d'autrefois, parées comme pour une fête; ils étaient là, les graves magistrats aux perruques poudrées; les officiers de la garde royale; les marquis aux jabots de dentelle. Il y avait aussi, dans un cadre ovale un portrait d'enfant, une ancêtre au visage rieur, qui peut-être n'avait pas vieilli, et dont le sourire enfantin s'immobilisait sur la toile passée.

Et sous la surveillance de Mme de la Pichardière, Pétronille, armée d'une pompe d'arrosage, aspergeait marquis et belles dames, magistrats, officiers, petit enfant; Mme de la Pichardière appelait cela faire leur toilette; elle y procédait une fois l'an, et le même jour, par une pensée respectable, se rendait au cimetière orner leurs tombes.

Elle les ornait royalement; le transport des plantes vertes et pots de fleurs était considérable, et elle devait, pour l'occasion, emprunter au meunier sa charrette à âne.

Date en était prise à l'avance; c'était su par tout le village, c'était su et connu du diable à quatre, dont Alix aperçut la tête au-dessus du mur.

Mais il se fût lassé d'être simple spectateur, et Pétronille lui devait la virulente apostrophe de sa maîtresse.

A l'aide d'une longue gaule qu'il avait surmontée d'un bouquet de plumes, il profitait de l'inattention de Pétronille pour lui chatouiller désagréablement la nuque, et disparaissait à temps pour ne pas être surpris, mais il eut une distraction; il ne s'attendait pas à l'éclat de rire qui avait accueilli son manège.

Alix, qui avait tout vu, n'avait pu retenir un accès de gaieté, et elle riait de plus belle en voyant Pétronille qui, découvrant enfin la mouche invisible, dirigeait le jet de son tuyau d'arrosage sur le gamin, qui lui faisait force grimaces et la narguait avec sa gaule.

Qu'Alix rît, cela pouvait se concevoir; mais la fillette n'eût pas trouvé étrange que Mme de la Pichardière apostrophât le trop facétieux gamin, et quel ne fut pas son étonnement de la voir au contraire s'asseoir à terre pour rire plus à son aise.

Cependant, la première hilarité calmée, elle se leva plus prestement que son âge ne pouvait le faire pressentir, et fermant la clef de la pompe :

« Assez, dit-elle à Pétronille, ce jeu n'est pas de circonstance. Quant à toi, polisson, ajouta-t-elle en menaçant l'enfant, si jamais je t'attrape, tes oreilles te donneront de mes nouvelles. »

Mais le polisson, qui se savait pour l'instant dans une place imprenable, répondit :

« Allons, madame de la Pichardière, faut pas vous fâcher, l'âne du meunier est malade; je suis à votre disposition pour traîner la charrette. »

Il dégringola de l'autre côté du mur. Alix fut interpellée par sa tante :

« Tu viens de voir, lui dit-elle, la personnification de la malice; ce gamin est la terreur des ménagères. Je les soupçonne même de lui incriminer souvent des torts dont il est innocent; mais la presse féminine est contre lui, Pétronille en tête, et elle dit tant de mal de lui qu'il se venge. Au fond, elle a raison, c'est une engeance maudite. »

Un peu diffus, son discours. Il était difficile de démêler si elle était pour ou contre les mauvaises langues; elle paraissait avoir pour la maudite engeance de secrètes indulgences; elle regrettait toutefois de l'avoir laissé percer en partageant la gaieté d'Alix, et ce fut pourquoi elle cria, par-dessus le mur :

« A bientôt tes oreilles !

— Quand vous voudrez, madame de la Pichardière, » répondit une voix qui s'éloignait.

« Mais quel est cet accoutrement, continua la tante Hortense, qui venait de s'apercevoir de la toilette d'Alix; est-ce ainsi qu'on s'habille en ville? Ma pauvre enfant, j'ai le regret de te dire que tu me fais honte. »

Alix aussi avait honte; mais la pensée que sa tante était contrariée lui causa un plaisir infini, et ce plaisir se refléta sur sa physionomie, qui s'illumina.

Mᵐᵉ de la Pichardière s'y trompa. C'était permis.

« Ça t'amuse, lui dit-elle d'être ainsi déguisée? A ton aise, ma petite; tu te crois peut-être une fée travestie en mendiante, ou une reine traversant incognito un pays ennemi, ou encore... je n'en finirais pas si je voulais t'énumérer les idées qui me passaient par la cervelle quand j'étais enfant, et me portaient à faire des excentricités dans le genre de la tienne. Garde ton illusion, ma petite; pour l'instant, ton costume est pratique; tu ne craindras pas de l'abîmer en nous aidant. »

Alix dut se mettre à la besogne; munie d'une brosse, elle dut frotter pour les sécher les cadres dédorés, et elle entendait vaguement tante Hortense lui narrer l'histoire des morts.

« Tous les nôtres sont au cimetière, disait-elle. Avant ton arrivée, j'étais, à Coucy-les-Etangs la seule représentante de la famille ; maintenant, nous sommes deux. Tu arrives à propos; je vais aujourd'hui faire la tournée des tombes, ce seront les visites d'arrivée. »

Puis, se tournant vers Pétronille pour l'invectiver :

« Te dépêcheras-tu, lui disait-elle, nous ne serons jamais prêtes. Il faut pourtant que nous déjeunions, et le meunier enverra sa charrette pour deux heures.

— Il ne l'enverra pas, dit Pétronille, l'âne est malade.

— Malade! allons donc, c'est encore une invention de ce brigand.

— L'âne est malade, répéta Pétronille d'une voix creuse, le meunier l'a dit à la boulangère, qui me l'a fait dire par la bouchère.

— C'est un bruit qui court, et c'est ta manie d'écouter les cancans. »

L'ouvrage avançait cependant. Le soleil s'était mis de la partie et il donnait aux travailleuses un fameux coup de main. Il séchait en un rien de temps les tableaux que venait d'arroser la servante et donnait aux cadres un éclat relatif mais cela ne l'empêchait pas de prodiguer ses rayons aux roses du jardin, à la maison grise, au Donjon qu'il rajeunissait.

Désorientée par de successives impressions, Alix ne savait plus au juste si elle était une petite mendiante ou une reine détrônée; une de ces ancêtres dont tante Hortense venait de lui conter l'histoire ou simplement la petite descendante très malheureuse de la dame à qui avait appartenu la chaise à porteur.

Mais tante Hortense allait se charger de l'éveiller du rêve dans lequel elle se mouvait.

Elles regagnaient la maison, et lui montrant d'un geste le beau domaine sans ombre :

« Tout cela est à toi, lui dit-elle, tu es mon héritière, tu auras ma survivance.

— Non, non, je ne veux pas, je ne veux rien recevoir de vous. »

Le réveil n'était pas précisément gracieux; Mᵐᵉ de la Pichardière aurait pu s'en choquer, tout au contraire, elle enveloppa l'enfant d'un regard sympathique.

« Quelle singulière petite fille tu fais! Au demeurant, à ton âge, j'en aurais dit autant à mes aïeules. Cela détonne évidemment d'offrir à une petite fille la survivance d'une vieille femme; elle se voit soudain avec des rides et des papillotes blanches; mais, petite, ce n'est pas moi qui ai fait ce rayon de soleil dans lequel tu

*PÉTRONILLE, ARMÉE D'UNE LANCE D'ARROSAGE,
FAISAIT LA TOILETTE ANNUELLE DES PORTRAITS DE FAMILLE.*

es si jolie. Ce n'est pas moi qui ai fait éclore ces roses; tout ce qui est joli ici est cadeau du bon Dieu. Le bon Dieu seul est le Maître, et c'est à lui que devra aller la reconnaissance. Je dépare ce jardin, soit! Mais prends patience, viendra le jour où la vieille tante ira dormir sous les cyprès, et tu seras seule ici avec les roses et la lumière. »

Alix était trop désintéressée pour entrevoir avec joie la possession du Donjon après la disparition de la propriétaire actuelle. A ses yeux, la tante et l'héritage ne formaient qu'un tout inséparable; l'héritage, comme la tante, c'était l'ennemi. Cette évocation de mort ne la toucha pas plus que l'évocation de l'Eden. Mais un mot la frappa et la frappa au cœur :

« Seule! » Sa tante la voulait seule au Donjon, séparée de Gabrielle dans l'avenir comme dans le présent. Elle avait le cœur si gros qu'elle ne put répondre.

Mme de la Pichardière la précéda dans la maison.

CHAPITRE VII

PEAU D'ANE

Le déjeuner fut servi dans la pièce où elles avaient goûté la veille. Mme de la Pichardière l'avait adoptée, de préférence aux salles plus vastes encore, et beaucoup moins claires de la maison principale. Elle en faisait à la fois sa salle à manger, son salon, son bureau.

Le repas fut morne; tante Hortense mangeait vite; à chaque apparition de Pétronille, elle la gourmandait, lui disant de presser le service, qu'elles seraient en retard ; Pétronille maugréait, répondait qu'on avait tout le temps si on attendait l'âne du meunier.

De là, discussions entre elles.

« Je te dis qu'il viendra!

— Je vous dis qu'il est malade. »

Alix, qui avait fort envie de se soustraire aux visites de famille, était partagée entre le désir que l'âne ne vînt pas, et celui que le programme au contraire ne fût pas changé, ce qui lui donnerait l'occasion de refuser à sa tante de l'accompagner. Un formidable *hi han* vint trancher la question, et arracha à Mme de la Pichardière un cri de triomphe.

« Quand je le disais que l'âne n'était pas malade, le voilà qui s'annonce. Pétronille, va chercher les plantes; et toi, petite, cours dire au garçon meunier de prendre patience, nous serons prêtes dans quelques minutes. »

Alix s'était solennellement promis de ne jamais obéir, et elle venait de se renouveler cette résolution; pourquoi alors, au lieu de s'insurger contre l'ordre reçu l'exécuta-t-elle avec une promptitude qui eût fait honneur à la petite fille la plus docile? C'est qu'un soupçon venait de lui traverser l'esprit, faisant fuir à tire-d'ailes les résolutions les plus enracinées; Pétronille avait affirmé que l'âne était malade; le diable à quatre s'était offert pour traîner la charrette. Alix avait été à même d'apprécier son talent d'imitation; n'y avait-il pas dans ce *hi han* une machination de sa façon?

Elle voulut le savoir, et un seul coup d'œil jeté sur l'attelage lui prouva qu'elle avait deviné juste.

Il y avait bien devant la maison une petite charrette, et entre les brancards, une apparence d'âne, mais une apparence seulement. Par quel sortilège le gamin s'était-il procuré une peau d'âne? Quel compère avait-il trouvé pour simuler les pattes de derrière, tandis que lui — Alix n'hésita pas à lui donner cette place de choix — brandissait fièrement ses oreilles.

Quant au conducteur de l'attelage, un gamin guère plus vieux que le diable à quatre, sa mine futée en paraissait faire un échappé de l'école plutôt qu'un garçon meunier.

Et pendant que Pétronille apportait les plantes vertes, pendant que Mme de la Pichardière les plaçait avec soin dans la petite charrette, Alix commençait à trouver que la vie à Coucy-les-Etangs ménageait des attractions inattendues.

Non seulement elle n'eût pas renoncé à la promenade, mais elle se mordait les lèvres pour ne pas dénoncer, par un éclat de rire, la supercherie dont Mme de la Pichardière, très affairée, ne s'était pas aperçue.

Pétronille faillit éventer la mèche.

Vexée de voir la charrette à son poste, elle cherchait la petite bête, sans s'aviser de l'allure bizarre de la grosse, et marmonna que le garçon meunier aurait bien pu venir lui-même au lieu de se faire remplacer par un gamin.

« C'est lui, sans doute, qui est malade, répondit Mme de la Pichardière; tu auras confondu. Partons, hue, ma belle! »

La petite voiture était chargée; elle s'ébranla, mais si rudement que pour éviter un malheur, Mme de la Pichardière et Pétronille durent se tenir à l'arrière et maintenir les plantes. Cela se trouvait au mieux, ou au plus mal, selon le point de vue auquel on se plaçait. L'amoncellement de feuillages les empêchait de voir la monture, qui s'en allait cahin-caha, imprimant à la charrette les soubresauts les plus désordonnés, et Alix riait sous cape en entendant sa tante crier :

« Hue, ma belle, courage, je te donnerai de beaux chardons et un boisseau d'avoine.

— Hi, han! répondait l'âne, alléché par ces promesses.

— Quel bon petit attelage, disait la tante, époumonnée, car la route était montueuse; jamais il ne nous a menées aussi rondement; nous voici déjà presque arrivées. J'aperçois le cimetière. Hue, ma belle, nous approchons. »

Ce dernier encouragement n'eut pas l'effet désiré. Alix, qui ne quittait pas les gamins des yeux, vit les hautes oreilles se dresser, provocantes; en même temps, l'attelage s'arrêta net, et le compère du diable à quatre, se dégageant de sa peau d'emprunt, se sauva à toutes jambes, suivi du conducteur de rencontre, tandis que l'auteur du méfait s'écriait d'une voix qui claironnait sous le masque :

« Madame de la Pichardière, mes camarades et moi, nous vous tirons la révérence, et je laisse à Mlle Pétronille l'honneur de prendre ma place.

— Ah! le vaurien, le bandit! vociférait Mme de la Pichardière; je t'avais promis de te tirer les oreilles, je te tiens.

— Tirez, madame de la Pichardière, tirez! »

Il était venu s'agenouiller devant elle, humblement hypocrite.

« Tirez, Madame, tirez », clamait Pétronille, qui voyait son mortel ennemi pris au piège.

Mais le tour était si drôle, si comiquement exécuté, les oreilles se présentaient si frémissantes, que Mme de la Pichardière fit chorus avec Alix, qui n'arrivait plus à réprimer son fou rire.

« Ah! le vaurien, le bandit! »

C'étaient les mêmes injures que tout à l'heure; mais combien le ton différait!

Elle suivait cependant le conseil de Pétronille; elle tirait, tirait, s'en donnant à cœur joie; aidant ainsi le gamin à se débarrasser de son accoutrement; car les oreilles lui restèrent en mains, et on vit apparaître, écarlate, mais radieuse, la figure du diable à quatre.

« Tu n'y perdras rien, gare à la prochaine rencontre, » lui dit Mme de la Pichardière, en le menaçant du doigt.

Déjà il dévalait vers le village, sa monture sous le bras, et longtemps on put l'entendre jeter aux échos les hi, han les plus frénétiques.

« Je disais bien que l'âne était malade, » dit Pétronille, qui, malgré le critique de la situation, n'était pas fâchée de faire ressortir qu'elle avait été bien renseignée.

Mais elle dut en rabattre de son caquet devant cette réponse péremptoire : « Comment veux-tu que je me fie à toi, tu es de l'avis du dernier qui parle. Le braiement de l'âne à notre porte t'a trompée comme il m'a trompée, comme il t'a trompée aussi, n'est-ce pas, Alix? »

C'était le cas pour la fillette de dévoiler sa demi-connivence qui la faisait passer dans le camp adverse, mais elle eut peur que Mme de la Pichardière ne la trouvât bien avisée et ne l'en félicitât; elle était si singulière! on ne savait comment la prendre! Elle remit sa réponse au moment, qui viendrait, où, face à face avec sa tante, elle lui dirait ses vérités pleines et entières. Quelle joie quand elle entendrait Mme de la Pichardière, lasse de l'enfant indomptable, lui dire :

« J'avais compté sur une compagne agréable; vous êtes une petite peste, et je vous chasse. »

Mais, en ce moment, la petite peste pénétrait dans le cimetière. Le gardien, hélé par Pétronille, avait traîné la charrette qu'il se chargerait de ramener à domicile, et Alix commença ses visites d'arrivée. Elles étaient nombreuses; nombreuses les tombes qui eurent leur parure de verdure; enfin, quand le dernier plant, une petite primevère tout en fleurs, eût trouvé sa place sur la tombe enfantine d'une ancêtre morte jadis, la tante Hortense dit : « C'est fini! » et elles redescendirent au village.

Fatiguée, la tante ne parlait pas; Alix, aussi, était silencieuse; elle gardait dans les yeux des visions de choses tristes, disparues, mortes... et puis, soudain, ce fut le jardin aux roses, les mésanges regagnant leurs nids... le soleil couchant baignant dans la salle ; les meubles antiques... la vie enfin, la vie surabondante, la vie partout.

« On est bien chez soi! » dit Mme de la Pichardière, laissant involontairement voir qu'elle échappait avec plaisir aux scènes de deuil.

Alix ne lui fit pas écho ; elle ne rentrait pas chez elle, elle se refusait à rentrer chez elle; mais aujourd'hui, comme la veille, le Donjon devenait pour elle la halte... de passage, mais enfin la halte, et ce soir-là, épuisée de fatigue, elle s'endormit sans renouveler sur le nid des oiseaux paisibles sa déclaration de guerre. Elle retrouva à son réveil toutes ses animosités, et se reprocha amèrement de ne leur avoir pas encore donné cours.

Une grande journée s'était écoulée depuis qu'elle était au Donjon, et à part quelques protestations qui, par bonheur, lui étaient échappées, elle n'avait pu prouver à sa tante son désir de la quitter au plus tôt.

Bien plus, il lui était arrivé de rire si franchement que Mme de la Pichardière se trouvait en droit de croire que son héritière, en dépit de ces quelques protestations peu aimables, se trouvait fort bien chez elle. C'était avoir vraiment mal engagé la partie; il fallait sans retard reprendre l'avantage; si la lutte ouverte, qu'elle préférait, était impossible, eh bien! elle userait d'un autre système, elle bouderait : rien n'est plus désagréable qu'un enfant boudeur. Elle ne pensa cependant pas opportun de bouder le chocolat qu'une main invisible avait, comme la veille, placé près de son lit; elle vit aussi avec plaisir que sa robe et ses bottines lui avaient été rendues; c'était dans son sort une amélioration sensible. Se travestir en mendiante ou en reine détrônée ne peut passer pour une fantaisie qu'à la condition de ne pas se renouveler ; la récidive eût étonné Mme de la Pichardière, et l'eût amenée à visiter le trousseau de sa nièce, et à découvrir prématurément la fraude. Elle endossa donc avec une certaine satisfaction la toilette à sa taille, se composa un visage renfrogné et, contente de cette image que lui renvoya le miroir haut perché, elle se prépara à descendre.

Elle n'avait pas ouvert la porte qu'elle s'entendit appeler :

« Alix, criait Mme de la Pichardière, viens vite, Pétronille m'annonce une affreuse nouvelle; une des sept petites Denin s'est noyée dans l'étang. »

CHAPITRE VIII

LES PETITS BONNETS

Alix ne savait pas le nom de famille des fillettes qu'elle avait rangées dans la catégorie des oies; mais ce chiffre sept était un signalement auquel elle ne pouvait guère se méprendre, la nouvelle ne manquait pas d'importance, et, renvoyant aux calendes une bouderie en ce moment gênante, elle dégringola l'escalier et demanda vivement :

« Ce n'est pas la plus petite au moins? »

Elle avait érigé dans son cœur une place de prédilection au numéro sept et sa question, qui semblait faire bon marché des six autres, témoignait d'un intérêt réel.

« Tu les connais donc? lui demanda sa tante surprise.

— Seulement pour les avoir rencontrées hier sur la route; sept petites filles en blanc, assises dans un fossé.

— C'est bien cela, mais réponds, Pétronille, laquelle est tombée dans l'étang?

— J'ai cru reconnaître Henriette, la cadette; cependant, elle courait si vite que je n'ai pas bien vu.

— Elle courait? elle n'est donc pas noyée?

— J'ai dit : elle *s'est noyée* et non elle *est noyée*, dit Pétronille, donnant à l' *S* apostrophe une signification si évidemment rassurante que Mme de la Pichardière et Alix respirèrent. Et tout cela, par la faute de ce diable, rugit Pétronille ; s'il n'était pas toujours à faire l'école buissonnière, il n'aurait pas épouvanté ces innocentes qui se promenaient si gentiment au bord de l'étang ; elles n'auraient pas pris la fuite, et l'une d'elles n'aurait pas fait ce faux pas qui...

— Et quel besoin, je te le demande, avaient ces innocentes de se promener au bord de l'étang à une heure aussi matinale? C'est miracle qu'elles n'en soient qu'à leur première noyade; elles sont toujours sur les routes.

— Qu'ont fait les autres sœurs quand la cadette est tombée? demanda curieusement Alix.

— Les autres, répondit Pétronille, fallait-il qu'elles se précipitent à sa suite dans l'étang?

« Elles ont appelé au secours, d'autant plus que leur peur était doublée par l'approche du diable à quatre.

— Cela, ma fille, ce n'est peut-être pas ce qu'il y a de plus malheureux dans l'affaire, dit Mme de la Pichardière; je gage que c'est lui qui a sauvé la petite.

— Dame! c'était bien le moins qu'il réparât le mal qu'il avait causé.

— Il y a des gens qui ne le réparent jamais; mais c'est trop fort à comprendre pour toi. Alix, va mettre ton chapeau; nous allons aller prendre des nouvelles de la pseudo-noyée. »

Désireuse d'avoir sur l'événement des renseignements précis, Alix obéit avec la ponctualité qui menaçait de devenir une habitude, et, quelques minutes plus tard, elle se dirigeait avec sa tante vers la propriété devant laquelle elle avait fait la connaissance des petites Denin.

En chemin, Mme de la Pichardière lui fit avec force commentaires l'historique de cette famille.

« Le père est représentant de commerce ; il est souvent absent ; la mère s'est fait une coquille de sa maison et se perd dans les détails du ménage, pendant que ses filles s'en vont à la file-indienne errer dans la campagne. Une seule d'entre elles promet de sortir de l'ordinaire de la famille; c'est la petite Christine, la petiote. Cette petite bonne femme a sa personnalité, ne fût-ce que celle à quatre ans de ne pas encore parler.

— Elle est muette ? demanda Alix.

— Non, elle dit quelques mots et comprend tout ; mais elle attend sans doute pour en dire plus long qu'elle ait quelque chose d'intéressant à dire, et ce ne seront pas ses sœurs qui l'instruiront. Dans son petit doigt elle a plus d'esprit que ses aînées dans leurs dix doigts réunis ; mais nous voici arrivées. »

La grille n'était pas fermée, et elles s'engagèrent dans un parc au milieu duquel s'élevait une maison moderne. Ces allées symétriquement tracées, admirablement entretenues, ces fenêtres aux stores bien tirés, en un mot cet aspect d'ordre trop méthodique plut médiocrement à Alix, et elle fit entre cette propriété et celle de sa tante une comparaison tout à l'avantage du Donjon, où, sans étiquette, les rosiers nains côtoyaient les chênes.

Cependant le drame qui avait failli être fatal à l'une des fillettes n'avait pas été sans jeter le désarroi dans cet intérieur modèle; la domestique qui accourut au devant des visiteurs avait omis de passer le tablier à bavette qui lui donnait des airs de soubrette de comédie.

Quoique préoccupée du but de sa visite, Alix ne put s'empêcher de remarquer l'allure sournoise de cette fille et se rappelant la conversation entendue en chemin de fer, elle se rangea de l'avis de Mme Leclerc pour la trouver antipathique.

Sa voix avait des inflexions de fausset ; elle plaignait cependant les pauvres petites demoiselles, et poussait des gémissements à fendre l'âme en précédant les visiteuses au premier étage, où, sans cérémonie, elle les introduisit dans la chambre d'enfants.

Alix s'arrêta sur le seuil; elle voyait sept lits identiques dans lesquels, coiffées de bonnets blancs, les sept petites étaient couchées.

« Elles sont toutes tombées dans l'eau? » demanda Mme de la Pichardière, aussi pétrifiée que sa nièce, et convaincue que l'événement avait été plus tragique encore que Pétronille ne l'avait su.

Mme Denin, une petite femme en général correcte, posée, s'agitait, allait et venait de lit en lit, bordant Henriette, rajustant le bonnet d'Esther; leur imposant à toutes un silence qu'elle regardait comme le remède souverain.

A l'exclamation de Mme de la Pichardière, elle se retourna et la femme posée et correcte, se permettant d'être une mère éplorée, s'écria avec véhémence :

« Toutes, Madame, à quoi pensez-vous, le mal est déjà bien assez grand; la frayeur a failli les tuer. Pour prévenir les conséquences de tant d'émotions, j'ai dû les mettre au lit.

— C'est le meilleur moyen de les garder, dit Mme de la Pichardière avec sa franchise un peu brutale; laquelle de vous est tombée ? » continua-t-elle en s'adressant aux fillettes.

Mais les six sœurs, solidaires les unes des autres, se retournèrent d'un commun accord, et on ne vit plus que les petits bonnets, sauf tout au bout, comme un point rose, la frimousse éveillée de la petiote.

« C'est Henriette qui est tombée, dit la mère; mais elles ne peuvent entendre rappeler l'accident sans être prises de soubresauts nerveux, ce diable sera cause de leur mort et de la mienne.

— Pardon, dit Mme de la Pichardière. Vous parlez sans doute du petit-fils du vannier, et si la chronique est fidèle, vous lui devez aujourd'hui votre enfant; je suis la première à blâmer ce qui est blâmable; mais la justice est la justice, et il faut reconnaître le bien là où il se trouve. Nous vous laissons à vos malades. Bon courage, mes petites, dormez bien. »

Un éclat de rire partit du dernier petit lit; la petiote ne répondait pas : « Ce n'est pas le moment de dormir, » mais elle le prouvait. Elle avait levé un store pour dire bonjour au soleil, et elle dansait sur son lit comme une petite fille qui sait très bien que l'heure n'est pas venue de se mettre au lit.

CHAPITRE IX

L'ENFANT DE LA BALLE

ALIX sortit révoltée ; révoltée qu'on l'ait couchée, cette petite, révoltée qu'aucune des aînées n'ait pris le parti du diable à quatre, et elle ne perdit pas une si belle occasion de se révolter contre sa tante qui était venue demander des nouvelles des fillettes, et n'avait pas songé que le sauveur d'Henriette avait pris le même bain qu'elle et couru autant de danger, car la petite en se débattant pouvait entraver le sauvetage.

Elle roulait ces pensées dans sa tête en trottinant près de sa tante, et la vérité lui remettant en mémoire que la tante Hortense venait de faire au sujet de la justice une réflexion toute d'à-propos, elle se hasarda à dire :

« Il est peut-être malade pour de bon, lui, et c'est très mal de l'oublier.

— Qui ça ? demanda distraitement Mᵐᵉ de la Pichardière.

— Le diable à quatre, » répondit Alix, qui ne lui connaissait pas d'autre nom.

Tante Hortense sourit:

« Tu prends déjà la manière de parler des gens du pays; te voilà des nôtres.

— Non, non, non, protesta Alix, et elle recula pour donner plus de poids à ses négations réitérées.

— Non, non, non, » répéta Mᵐᵉ de la Pichardière en l'imitant, et la regardant de côté :

« Il ne te va pas, le pays, tu la trouves cocasse la vieille tante; bizarres les petites filles que l'on couche parce que l'une d'elles a manqué se noyer ? tu n'as pas tort, ma petite, tu n'as pas tort, et je comprends que tu ne sois pas emballée d'un coup; mais tu n'as pas tort non plus de désirer avoir des nouvelles du malandrin, quoique la mauvaise graine... je m'entends. Viens, et prends garde de ne pas piétiner ma récolte de pommes de terre. »

Elle avait quitté la route et pris en diagonale un champ qui lui appartenait puisqu'elle recommandait de respecter sa récolte.

« Je vais te conduire chez le gamin, parce que ton intention est bonne, dit-elle à Alix, mais je te défends d'y retourner sans moi; ce ne sont pas des gens à voir. »

Et sans plus s'inquiéter de ses pommes de terre, prenant Alix par la main et marchant de front avec elle :

« Si je dis que ce ne sont pas des gens à voir, continua-t-elle, ce n'est pas que je méprise leur pauvreté, loin de là, je te laisserais volontiers visiter les pauvres familles du canton; mais ceux-ci, on ne sait d'où ils viennent, ils ne savent où ils vont; vois-tu cette voiture campée là, au bout de mon champ; elle y est entrée une nuit, et au moment de partir, le maigre mulet qui la traînait est mort sans en avoir demandé la permission à son maître.

« Ce fut une affaire dans le pays; il fallait au plus tôt chasser ces bohémiens de malheur · dont on ne connaissait pas les antécédents; mais les chasser, ce n'était guère commode, car on ne pouvait les frustrer de leur voiture, et pas davantage les y atteler. Il y avait à ce moment-là Sébastien le grand-père que tu vas voir; une vieille grand'mère qui se mourait, et qui, en effet, est morte peu après; enfin Louis, le fameux diable à quatre, plus traitable puisqu'il était plus jeune, et qui faisait pitié entre ces deux vieux.

« Pour ne pas aggraver leur situation, je les ai laissés dans l'emplacement, leur concédant même un bout de terrain pour qu'ils puissent y planter des légumes; il n'y a entre nous, ni bail ni contrat; ils sont libres de partir, je suis libre de les expulser ; mais ce serait mal de le faire, car Sébastien a une petite clientèle comme vannier ; malheureusement il est d'une faiblesse déplorable pour son petit-fils qui manque l'école dix fois sur dix. Si je te mets au courant de la situation, c'est afin que tu connaisses mes intentions, n'es-tu pas mon héritière ? » Alix commençait à trouver que le petit garçon aurait pu témoigner un peu plus de reconnaissance à Mme de la Pichardière; mais le mot héritière raviva sa rage; la pensée que sa tante pût la faire intervenir dans ses projets l'exaspéra; elle ne voulait avoir rien de commun avec elle; jamais, jamais.

Elle avait quitté la main de Mme de la Pichardière; ses poings se crispaient; arrêtée au milieu du champ, elle personnifiait la colère.

« Tu trouves que je gère mal mes affaires — tes affaires, petite, — reprit la tante Hortense ; que veux-tu, tu feras mieux ; mais si j'ai de grands défauts, il y a une page de l'Evangile que je ne saurais oublier. Je sais que je serai traitée comme j'aurai traité mon prochain. Sébastien et son petit-fils profitent de ma clémence, tant mieux pour eux. Tiens, voilà le vieux vannier qui travaille assis sur les marches de sa baraque. »

La baraque, la roulotte pour mieux dire, était une de ces voitures comme en possèdent les plus miséreux de ces nomades dont le passage dans les villes inspire à l'habitant une sourde méfiance.

Quel métier exerçait Sébastien avant cet arrêt forcé ?

Avait-il toujours tressé des paniers ?

On ne savait pas; mais il était adroit, et Alix admira la dextérité avec laquelle il maniait les joncs.

Il n'avait pas entendu Mme de la Pichardière approcher, mais elle n'était pas femme à rester en contemplation, et l'interpellant d'une voix rude :

« Pourquoi l'enfant n'est-il pas avec vous ? demanda-t-elle, où est-il encore, ce mauvais sujet ? »

C'était une singulière façon de s'informer de ses nouvelles. Alix attendit impatiemment la réponse. Serait-il malade ? couché comme les oies; mais sur quel grabat! dans quel taudis!

Le vieux leva sur son interlocutrice un visage dont la maigreur faisait ressortir les yeux caves, et ne comprenant pas l'intérêt dissimulé sous ses paroles, ne songeant qu'à disculper l'enfant :

« Il n'est pas plus mauvais sujet que bien d'autres, maugréa-t-il.

— Enfin, vous l'excusez, vous trouvez bien qu'il mette le village en rumeur, comme ce jour où il s'est faufilé dans le clocher pour sonner le tocsin, et cet autre où il a jeté au fond d'un puits la perruque de la buraliste.

— Je ne dis pas, je ne dis pas, reprit le bonhomme, qui ne pouvait nier ce dont son petit-fils venait se vanter près de lui, sans recevoir peut-être la réprimande méritée; mais je vous assure qu'avec le temps il se corrigera.

— Si vous continuez à lui laisser la bride sur le cou, il risque plutôt de rester l'enfant des grandes routes, avec cette différence que, la roulotte étant au rancart, il n'aura pas l'excuse de suivre les errements de sa famille. »

Une teinte rouge colora les joues du vieillard; cependant sa voix était ferme quand il répondit :

« Mon petit-fils ne relève que de moi; j'entends demeurer seul juge de sa conduite.

— Pour l'instant il est insupportable, reprit Mme de la Pichardière; ce matin encore.

— Ce matin, interrompit le vieillard avec incrédulité.

— Il ne vous a pas rendu compte de sa matinée ?

— Mais si, il est sorti pour faire nos petits achats et il est rentré presque aussitôt, il était là tout de suite. Louis! où es-tu ? »

Aucune réponse.

« Et quand il est rentré, il ne vous a pas dit avoir pris un bain ? reprit Mme de la Pichardière.

— Non; vous me rappelez cependant qu'il avait ses vêtements trempés; il a dû mettre son costume du dimanche; aurait-il pris un bain tout habillé ?

— Vous y êtes; c'était pour sauver une fillette qui, sans la précipitation qu'elle apportait à lui échapper ne serait peut-être pas tombée dans l'étang ; mais qui sans le secours qu'il lui a prêté y serait certainement restée; c'est bien à lui de ne vous en avoir pas parlé, continua-t-elle avec plus de douceur; cela prouve que ce vantard qui fait mousser ses fredaines a le courage modeste. Je reconnais aussi en lui une loyauté qu'il tient de vous ; on vous a notifié de ne pas empiéter sur le terrain qu'on vous a alloué, et vous avez toujours respecté cette défense. »

Cette fois les plaques rouges qui marbraient le visage de Sébastien s'effacèrent; on eût dit que le mot *loyauté*, en le souffletant, avait fait refouler tout le sang au cœur.

Mme de la Pichardière qui regardait les plantations du bonhomme ne remarqua

DEVANT LA ROULOTTE, LE PÈRE SÉBASTIEN TRESSAIT DES PANIERS

pas ce changement qui frappa Alix. Entre les rides de ce large front elle devina un mystère.

Par l'âge, Sébastien lui rappelait un autre grand-père, celui de Jeanne, dont le regard, un moment, s'était baissé, voilant une pensée douloureuse, et songeuse; elle se disait :

« Il y a donc des secrets dans la vie de tous les grands-pères ? »

Sa tante qui s'éloignait, l'appela, et elle allait la rejoindre quand le chant du coucou, sortant d'un taillis, la porta à chercher l'oiseau qui s'y cachait, mais une exclamation lui échappa.

Dans un interstice de verdure, tout juste assez grand pour eux, elle avait aperçu deux yeux bleus.

En fait de coucou, se trouver en présence de Louis n'était pas fait pour la surprendre.

Quand on sait miauler, aboyer et braire, on peut ajouter à ces arts d'agréments des chants d'oiseaux; mais était-ce sa récente évocation du grand-père de Jeanne qui lui causa cette impression ? Ces yeux bleus entrevus dans cette trouée lui offrirent une ressemblance saisissante avec les yeux myosotis de l'excellent vieillard.

« Te décideras-tu à venir, lui cria sa tante; je t'attends. »

A regret elle obéit, elle eût aimé voir tout de suite à découvert ce visage dont l'ensemble aurait peut-être anéanti cette ressemblance qui pour la première fois la frappait, mais Louis ne sortait pas de son taillis, et la déconvenue qu'elle en ressentit lui arracha une réflexion de mauvaise humeur :

« Vous avez donné asile à de vilaines gens, et je regrette d'être venue chez eux, dit-elle. C'est à peine si le vieux vous a saluée ; le petit-fils ne s'est même pas donné la peine de paraître ; ils ne sont guère reconnaissants de ce que vous faites pour eux.

— Mais ils n'en savent rien; je me suis entendue sous ce rapport avec le maire, et ces insouciants n'en demandent pas bien long pour peu qu'on les laisse tranquilles. »

Ils ne savent pas; elle avait dit cela tout simplement, comme s'il était naturel d'accomplir le bien sans chercher ici-bas la compensation d'un peu de reconnaissance.

Louis aussi avait tenu secret son acte de courage. De même que Mme de la Pichardière, il se suffisait du témoignage de sa conscience.

Mais, par quelle aberration ! elle se flatta d'être de leur école.

Elle, ainsi, se faisait mal juger pour accomplir une grande œuvre; n'était-elle pas martyre de son dévouement pour sa sœur ?

Elle ne voyait pas le côté évidemment moins noble de la situation; au lieu de tromper son tuteur, n'aurait-elle pas mieux fait d'intercéder près de lui pour qu'il l'envoyât chez tante Hortense à la place de Gabrielle

Il est vrai qu'il lui eût été difficile de donner ses raisons et de dire qu'elle ne désirait aller chez sa tante que pour lui *en faire voir de toutes les couleurs.*

Étant données les circonstances, elle jugeait avoir agi pour le mieux ; à ses yeux la fin justifiait les moyens, ou plutôt elle ne pensait qu'à une chose : sortir de l'occurrence dans laquelle elle s'était mise, en sortir victorieusement.

CHAPITRE X

UNE CORRESPONDANCE ENIGMATIQUE

« Oh ! Alix, c'est affreux, c'est épou-
« vantable ! Je ne savais pas que
« c'était si mal; toi non plus, n'est-ce pas?

« Tu voulais m'empêcher d'être mal-
« heureuse chez tante Hortense ; mais
« c'était très grave de me faire entrer en
« pension à ta place sans le consentement
« de notre tuteur.

« Quand Mme la Directrice, qui savait
« ton âge, et qui avait fait préparer ton
« trousseau a découvert la substitution,
« elle a écrit au colonel. Il a répondu
« qu'il allait arriver; on l'attend...

« Mon Dieu, mon Dieu, pourvu qu'on
« ne nous mette pas en prison ! »

La petite lettre affolée n'arriva pas à
destination. Gabrielle l'achevait quand on
vint lui dire que son tuteur l'attendait
chez Mme la Directrice.

Oh ! son entrée dans le bureau, elle ne
devait jamais l'oublier ! Le colonel était
plus raide que jamais, et Mme la Directrice ne l'accueillit pas avec le sourire qui
avait, dès la première entrevue, conquis
son petit cœur affectueux. Il lui semble
qu'elle passe devant un conseil de guerre.

Elle a bien conscience qu'elle comparaît
à la place de sa sœur, qu'Alix est la
grande coupable, mais elle veut sa part
de responsabilité, et elle se jette aux pieds
du colonel en fondant en larmes :

« Pardon, pardon, s'écrie-t-elle, pardonnez aussi à Alix, ne nous mettez pas
en prison ! »

Il la releva, il lui dit qu'il n'était pas
question de prison; lui seul avait été
offensé, à lui seul revenait le droit de
sévir; mais elle le sentait elle-même, une
telle faute devait être punie.

Sans cesser d'être très bon, il était
grave. Il disait combien il était pénible
pour un tuteur qui aurait voulu être si
paternel d'être obligé de gronder, mais
il le fallait, et il continua :

« Voici ce que je décide, avec toutefois
l'assentiment de Mme la Directrice. »

La Directrice adhéra à l'avance aux conditions qu'elle savait être sages.

« Je ne change rien à ce que vous avez
fait, vous resterez ici; mais j'exige que
vous laissiez ignorer à votre sœur que sa
ruse est découverte. Je serai censé aussi
tout ignorer, jusqu'au jour où, lasse de
se sentir dans une situation aussi fausse,
elle reconnaîtra ses torts, et implorera
mon pardon.

« Son cœur l'a égarée, je compte sur
son cœur pour la ramener dans le devoir.
Sa pénitence sera d'en subir les conséquences.

— Vous allez la laisser chez tante Hortense ! » s'écria Gabrielle.

Ce cri disait à tel point la terreur que
leur tante leur inspirait, que le colonel et
la Directrice échangèrent un regard.

En ce moment le colonel, au fond du
cœur, absolvait entièrement la vaillante
Alix, et la directrice dut faire un effort
pour ne pas exprimer sa sympathie pour
la victime volontaire; mais elle était assurée que le colonel n'agissait pas à la
légère; elle engagea Gabrielle à avoir confiance en lui, et lui fit comprendre qu'Alix
avait besoin d'une leçon.

Gabrielle avait confiance en son tuteur,
mais elle avait en Alix une confiance plus
grande encore. Alix saurait se faire renvoyer bien vite. Elle promit, néanmoins
de se soumettre à la décision du colonel,
et son premier acte fut de remettre à
Mme la Directrice la lettre qu'elle venait
d'écrire et qui alla grossir leur dossier
favorable ; car si l'indiscipline était fla-
grante, cette lettre témoignait à la fois
du culte que Gabrielle avait pour sa
sœur, de la générosité, inconséquente,
mais très grande, d'Alix, de leur enfan-
tillage à toutes deux.

Mais quand il s'agit d'écrire à Alix,
Gabrielle se trouva bien embarrassée.

Que dire à une sœur qu'on aime quand
on ne peut lui parler à cœur ouvert ?

Elle compta sur Jeanne pour la tirer
d'embarras et au premier jour de sortie
quand elle fut chez le bon grand-père,
profitant d'un moment où elles étaient

seules toutes deux elle lui confia sa grosse peine.

La confidence larmoyante fut accueillie par une salve d'applaudissements.

« Quelle sœur tu as ! en voilà une brave !

— Tu trouves ?

— Si je trouve ! il serait difficile de penser autrement.

— Oh ! non, ce n'est pas difficile. Mon tuteur est furieux.

— Il y a de quoi.

— Tu vois bien, dit Gabrielle tristement, et ton grand-père le serait s'il savait que nous l'avons trompé aussi.

— Grand-père ? tu le connais mal ; c'est l'indulgence même; je me fais forte d'obtenir qu'il vous pardonne, et il sera le premier à intercéder en votre faveur près de votre tuteur. Crois-moi, tout s'arrangera.

— En attendant, tout est bien embrouillé; je ne sais plus comment écrire à Alix, je ne sais tromper que...

— ...Par ricochet, nous savons cela, c'est égal, tu as une fière sœur; elle fait là un coup d'audace ; elle arrivera dans la vie, elle arrivera.

— Pourvu qu'elle arrive à se faire renvoyer de chez tante Hortense, elle y est si malheureuse; ce n'est pas une existence de n'avoir d'autres distractions qu'un chat, des oies, un âne.

— Elle tient une ménagerie ta tante ?

— Non, pas tout à fait. »

Afin de la mettre au courant des faits et gestes de la tante Hortense, faits et gestes qui avaient leur répercussion dans la vie d'Alix, elle lui communiqua une lettre qui ne la quittait pas et dans laquelle sa sœur lui narrait les péripéties de ses premières journées au Donjon. Jeanne poussa une exclamation à laquelle Gabrielle était loin de s'attendre.

« Eh bien ! elle doit fameusement s'amuser; ce diable à quatre est impayable; il me plaît beaucoup.

— S'amuser ? mais alors elle ne voudra plus venir ici ?

— C'est à craindre.

— Et je ne peux pas le lui demander; il m'est défendu de m'expliquer je ne saurai jamais écrire pour ne rien dire.

— N'écris pas. »

C'était ce qu'il y avait de plus commode ; mais le bon cœur de Gabrielle s'y refusa ; elle prit un moyen terme et n'écrivit qu'un mot :

« Je t'aime toujours et je t'embrasse. »

Ce mot peu compromettant en apparence allait mettre le feu aux poudres. Il y avait bien des jours qu'Alix attendait des nouvelles de sa sœur. Loin de se douter des événements qui entravaient leur correspondance, elle se creusait la tête sans arriver à deviner le motif de ce silence; et chaque matin elle se rendait au devant du facteur afin d'avoir plus tôt cette lettre si désirée; elle n'était pas seule à attendre impatiemment le courrier ; et elle avait fini par prendre en grippe une correspondante plus heureuse : la soubrette de Mme Denin qu'elle rencontrait presque journellement et se trouvait à point pour recevoir un courrier dont elle n'était cependant pas avide de connaître le contenu ; car elle disparaissait dans les futaies sans le décacheter.

Alix plus triste encore que de coutume s'était assise un matin sur un tas de cailloux pour attendre le facteur; elle le vit remettre à la soubrette sa missive quotidienne, et oh ! bonheur, il y avait aussi une lettre pour elle. En reconnaissant sur l'enveloppe bleue l'écriture de Gabrielle, son visage devint radieux; mais un coup d'œil lui suffit pour en prendre connaissance ; le souci reparut sur son front, l'inquiétude dans ses yeux ; ce n'était pas la brièveté de cette lettre qui la décontenançait, c'était sa teneur. « Je t'aime toujours » quelle singulière protestation ! a-t-on besoin de se dire que l'on s'aime quand on est sûr l'une de l'autre et ce mot *toujours !* il ne manquerait plus que Gabrielle cessât de l'aimer. Qu'est-ce que cela pouvait signifier ?

Elle était retournée s'asseoir sur le tas de cailloux, la tête dans les mains ; elle songeait, monologuant à mi-voix :

« Une influence se glisse entre nous, c'est certain ; elle n'aurait jamais eu l'idée de m'écrire ainsi ; on m'enlève son cœur, elle se console d'être séparée de moi, et c'est un reste d'affection qui la porte à me dire qu'elle m'aimera toujours, *toujours*. Cela me fait le même effet que si elle me disait : « Je commence à t'oublier. »

Mais soudain, une éclaircie se fit dans ses pensées, elle crut tenir la clef de cette énigme.

« J'y suis, s'écria-t-elle. Ma petite Gabrielle, pardonne-moi de t'avoir accusée; je t'avais promis de t'arriver au bout de huit jours, il y en a plus de dix que nous sommes séparées ; c'est le découragement qui t'a fait écrire cette lettre. Tu doutes de moi, je t'en ai donné le droit, et, au lieu de m'en vouloir, tu me promets, au contraire, de m'aimer toujours. Oh ! bien sûr, ma petite sœur, nous nous aimerons toujours, et de plus en plus, tu verras. Mais comme le temps passe ! A quoi donc passe-t-il ? »

Elle fit une rapide revision des jours écoulés et, sans ordre, comme son existence dont la monotonie eût été, sans qu'elle s'en doutât, sa pire ennemie, sans ordre, sans leur assigner de date, elle revit les incidents de ces dernières journées.

On avait eu les couvreurs et, pour les surveiller, tante Hortense s'était installée sur le belvédère qui couronnait le Donjon. Elle n'y restait pas inactive ; elle ne restait jamais inactive. A cette époque de l'année, elle écossait des petits pois pour en faire des conserves. Elle écossait partout, elle écossait tout le temps : sur le belvédère, en surveillant les couvreurs ; dans le jardin, quand il fallait être à portée du jardinier ; dans la cuisine, voire dans la grange. Alix avait la charge du panier rempli de cosses bien rebondies, mais là ne s'arrêtaient pas ses attributions. Sa tante l'envoyait sans cesse de droite et de gauche :

« Alix, va dire à Pétronille de porter du vin aux couvreurs ; ils doivent mourir de soif. Alix, va prendre un pot de confitures que le jardinier emportera pour sa fille qui est malade ; tu y joindras deux roses, les plus belles, les malades aiment les fleurs. »

Alix se reprochait maintenant de ne jamais dire non ; mais ç'eût été refuser de rendre service à de pauvres gens, et puis cela lui dégourdissait les jambes.

Parfois, elle se dégourdissait un peu trop ; sa tante l'emmenait dans la campagne visiter ses pauvres, et elles faisaient des kilomètres pour aller porter des secours à tel vétéran de la vie ou à quelque mère de famille. Alix trouvait que sa tante les rudoyait par trop. Avait-elle besoin de dire à cet infirme que s'il n'avait pas tant aimé la bouteille il ne serait pas perclus de rhumatismes, ce qui ne l'empêchait pas de flatter sa passion en lui donnant une bouteille de vieux Bordeaux.

Avait-elle besoin de gourmander cette mère de famille sur la façon dont elle tenait ses enfants ? En même temps, elle attrapait le plus barbouillé d'entre eux, le mettait sous la pompe, et quand le rose des joues avait reparu sous la friction énergique d'un coup de torchon, elle embrassait la place nette.

ALIX RECONNUT AVEC JOIE
SUR L'ENVELOPPE
L'ÉCRITURE DE GABRIELLE

Les jours s'enfilaient ainsi pendant qu'à Paris, Gabrielle se lamentait.

« Je suis une parjure, se dit Alix, prête à pleurer, une horrible parjure. »

Mais, se ressaisissant :

« Non, je ne suis pas une parjure ; je n'ai pas réussi aussi vite que je le pensais à me faire chasser du Donjon, mais je me suis promis de haïr tante Hortense et je la hais plus que jamais. Dès aujourd'hui, je le lui ferai bien voir. »

Ce ne furent pas les mésanges qui recueillirent, cette fois, ce serment, analogue à celui sur lequel leurs ailes, discrètement, s'étaient repliées, et cependant Alix avait des témoins : huit témoins.

Remises de leur aventure aquatique, livrées à elles-mêmes sur la foi du traité d'obéissance auquel leur mère, trop confiante, les croyait fidèles, les oies avaient repris leurs promenades hors les murs, et, chose plus extraordinaire encore, à l'arrière-garde, les ramenant doucement vers leur bercail, Alix reconnut Louis qui donnait la main à Christine.

Les retrouver ensemble était si inattendu qu'en dépit de la solennité de l'heure qu'elle traversait, elle ne put se défendre d'une question :

« Qu'est-ce qui leur arrive ? Vous êtes réconciliés ! Elles n'ont plus peur de vous ? »

Les oies se regardèrent avec des yeux ronds ; la petite leva sur son guide un regard confiant.

« Les pérégrinations de leur existence les ont mises en présence d'une chèvre haut encornée, dit Louis avec une gravité comique, et elles se sont angéliquement placées sous mon étendard. Il y a des moments où il est bon de reconnaître que l'union fait la force. »

Alix saisit le mot au vol pour se l'approprier.

Livrée à ses propres forces, elle n'arrivait pas à s'attirer les mauvaises grâces de sa tante ; des auxiliaires pourraient être précieux.

« Consentiriez-vous à m'aider, moi aussi ? demanda-t-elle.

— Et à pourfendre l'ennemi auquel vous venez d'envoyer votre malédiction, demanda Louis gouailleur. Le pouvons-nous, mes nouvelles alliées ? N'est-il pas au moins de notre devoir d'instruire la cause de cette jeune personne ? »

Il ne se départait pas de son ton bouffon, sans doute par l'habitude qu'il avait prise de regarder l'univers comme une vaste scène dont il était le pitre. Ses alliées

ne paraissant pas avoir d'opinion, d'un geste emphatique, il leur désigna le tas de cailloux :

« Prenez place, Mesdemoiselles, leur dit-il ; nous allons siéger sans retard. »

Il avait escaladé une haie qu'il enfourcha sans pitié pour son épiderme, mais les petites sybarites, dédaignant le moelleux divan qu'il leur offrait, s'assirent trois à sa droite, trois à sa gauche, toutes à ses pieds. La petiote, plus digne, se mit à cueillir de ces fleurs qui poussent à tout venant et que, charmante petite naturaliste, elle croyait découvrir et récoltait pour son herbier d'un jour.

« Vous avez la parole, dit Louis à Alix, en brandissant une baguette d'épines qu'il venait d'arracher au buisson ; nous réclamons le nom du malheureux mortel qui a encouru votre haine. »

La fillette eût préféré être traitée avec plus de considération, mais on ne choisit pas ; l'occasion pouvait ne plus se représenter, et elle entama les préliminaires par une question posée à brûle-pourpoint :

« Savez-vous qui je suis ?

— La nièce de Mme de la Pichardière », répondirent des petites voix.

S'entendre rappeler le lien de parenté qui l'unissait à la propriétaire du Donjon lui fut si désagréable qu'elle s'écria :

« Voulez-vous vous taire ! Quand vous vous avisez de parler, vous dites des sottises !

— Oh ! dit Louis, c'est donc pas vrai que vous êtes sa nièce ? Elle vous a donc volée ?

— Oui, dit Alix, elle m'a volée à l'affection de ma sœur, elle me retient malgré moi ; elle a un cœur de pierre et ne comprend rien aux joies de la famille. »

Terrorisées, les oies regardaient les pierres du tas de cailloux dont chacune prit instantanément à leurs yeux la forme d'un cœur, le cœur de cette Mme de la Pichardière qui volait les petites filles, et elles poussaient des oh ! des ah !

Leurs exclamations furent coupées par le cri insidieux du merle moqueur.

CHAPITRE XI

LA LUNE ROUSSE

Alix trouva beaucoup moins admirable le talent dont Louis se servait pour la persifler et, en regardant le visage déformé par la laide grimace qui lui donnait un faux air d'oiseau, elle se demanda comment elle avait pu lui trouver quelque ressemblance avec le grand-père de Jeanne.

« Pourquoi me démentez-vous ? reprit-elle, je sais ce que je dis. Quand nous étions, ma sœur et moi, avec notre papa, tante Hortense a voulu nous séparer ; quand nous sommes devenues orphelines, elle a demandé l'une de nous. Notre tuteur avait décidé que ma petite sœur viendrait au Donjon, mais elle est très douce, un peu peureuse, elle tremblait à la pensée de voir tante Hortense. Alors, qu'ai-je fait ? Oh ! ce n'était pas facile à exécuter, mais les circonstances m'ont favorisée, je suis venue ici à la place de ma sœur. Ni mon tuteur ni tante Hortense ne s'en doutent, seulement je veux rejoindre ma sœur, et je vous supplie de m'aider à sortir des griffes de tante Hortense. »

Elle avait débité sa plaidoirie sans reprendre haleine. A bout de souffle, elle s'arrêta, s'attendant à une ovation. L'ovation vint. Les oies s'étaient concertées ; cette enfant volée, séparée de sa sœur, leur inspirait pitié. Brèves dans leur promesse :

« On vous aidera », dirent-elles.

Dédaigneuse de leur protestation, en attendant une autre qui manquait, la principale, Alix s'était tournée vers Louis, et elle tressaillit en rencontrant le regard très droit, un peu surpris, des yeux myosotis.

« Vous avez fait cela ? eh bien, vrai ! tromper votre tuteur ! tromper votre tante ! eh bien, vrai ! »

Il n'était pas éloquent ; le reproche n'en fut que plus dur, émanant d'un garçon qui se faisait un trophée de ses tours, mais reculait devant un mensonge.

Alix sentit d'autant plus vivement l'acuité de ce reproche qu'il eut un écho dans sa conscience. Elle se laissa malheu-reusement guider par l'amour-propre qui se trouve toujours à point pour nous faire trébucher, et pour prendre sa revanche d'une désapprobation si nettement impli-cite, elle s'écria :

« Cela vous va tout à fait de défendre tante Hortense, ingrat qui lui jouez toutes les niches possibles en reconnaissance de ses bienfaits ! Vous coucheriez à la belle étoile si elle ne gardait pas votre voiture dans son champ, et elle ne vous a jamais réclamé le prix de la location.

— Vous mentez ! »

Un éclair avait jailli des yeux de Louis ; son visage s'était empourpré et il avait si vivement fait cingler sa cravache qu'il n'en garda que le pommeau.

Un cri se fit entendre : l'épine avait atteint Christine, barrant d'une raie rouge la peau délicate.

« Il l'a tuée ! » s'écrièrent les six sœurs en s'élançant vers la petiote.

Louis avait sauté à terre ; il écarta les sœurs et, à genoux près de Christine :

« Vous avez eu bien mal ? lui demanda-t-il. Pardonnez-moi, je n'ai pas fait cela exprès ; je suis turbulent, taquin, mais je ne fais jamais un vrai mal exprès, moi. »

Il parlait doucement, et, bien qu'en réa-lité elle eût été blessée par sa faute, elle comprenait si bien qu'en effet il n'avait pas fait *exprès* qu'elle le laissait étancher les gouttes de sang qui perlaient sur sa joue. La blessure reçue par Alix était plus cuisante.

Le trait que Louis lui avait décoché avait porté, et elle eut un remords de s'être servi, pour le lapider, du secret dont sa tante l'avait fait dépositaire. Mais si Louis ne l'avait pas provoquée en prenant le parti de tante Hortense, aurait-elle laissé échapper cette parole trop vive ? C'était donc encore tante Hortense qui était la cause de tout le mal. Elle n'eut aucune peine à s'en convaincre, mais une autre parole de Louis lui avait été très sensible. Méconnaissant le motif qui l'avait fait agir, il n'avait vu dans son coup de tête que le côté mensonge ; c'était la viser au point sensible. Elle aussi avait le mensonge en horreur, il fallait la terreur irraisonnée que lui causait sa tante pour qu'elle ait songé, déjà maternelle, à s'interposer entre cette tante et la petite Gabrielle, mais elle avait cru pouvoir se dégager rapidement d'une tutelle abhorrée, et les jours s'écoulaient. Au loin, Gabrielle se désespérait ; ici, tout près, elle se faisait mépriser par un diable à quatre, capable de tout, hormis d'une tromperie !

C'était trop. Son cœur, sa conscience, la rectitude de son jugement se liguèrent pour protester, mais aussi pour crier vengeance ; elle se monta, se monta, et ce fut une petite furie qui tomba dans la Roseraie où Mme de la Pichardière se livrait à une occupation des plus minutieuses. Il s'agissait de mettre des tuteurs aux branches qui menaçaient de se pencher vers la terre ; en même temps, elle émondait les roses flétries qui empiétaient sur la lumière due aux boutons.

Un sécateur d'une main, de l'autre un faisceau de joncs, elle semblait s'apprêter à quelque œuvre dévastatrice. Alix s'y méprit et se récria :

« Qu'est-ce que vous allez leur faire, à vos rosiers ? Ne pouvez-vous les laisser tranquilles, au moins eux ! »

Trop de fois elle avait élaboré des plans de guerre, inlassablement déjoués, pour avoir, en cette occasion suprême, cherché à l'avance la phrase d'attaque. Elle lui était fournie par la jardinière improvisée ; le sécateur et le faisceau de jonc lui devenaient des brandons de discorde.

La tante se retourna, la regarda, regarda ses roses et, en riant, releva l'exclamation.

« Les laisser tranquilles, pauvres fleurs ! Elles retourneraient vite à l'état sauvage. Ma belle roseraie, en toute saison, demande des soins et tu me verras, en automne, lui faire des petites huttes en paille pour préparer l'éclosion du printemps. C'est alors que le coup d'œil ne sera pas féerique, tu pourras en juger. »

De ses mains ouvertes, la petite fille repoussa la vision d'hiver qu'on lui faisait présager.

« Non, non, je ne verrai pas, je ne veux pas voir ; je ne veux plus rester chez vous. »

Elle éclate à la fin ; elle l'a dit, c'est trop long ! Son chagrin de quitter sa sœur avait été atténué par la pensée d'un prochain revoir, mais l'espoir s'éloignait ; elle était à bout de patience et, par besoin de sortir du dédale de dissimulation dans lequel sa nature se sentait à l'étroit, elle s'écria :

« D'ailleurs, vous ne voudriez pas de moi si vous saviez.

— Quoi donc ? demanda tante Hortense avec un sang-froid imperturbable.

— Quoi donc ? Vous me demandez quoi ? Eh bien ! d'abord, je ne suis pas ma sœur.

— Ça, ma petite, c'est d'une évidence que M. de la Palisse aurait trouvée.

— Je veux dire...

— Je ne serais pas fâchée, en effet, de savoir ce que tu veux dire ; j'aime la vérité, causons.

— Ah ! vous aimez la vérité ? Eh bien ! vous allez la savoir. Je ne suis pas la petite fille que vous croyiez recevoir. Depuis le jour de mon arrivée, je vous trompe ; j'ai trompé mon tuteur, trompé le vieux monsieur qui s'était chargé de nous pour le voyage ; j'ai trompé tout le monde, et cela parce que je vous déteste, comme papa vous détestait, comme Gabrielle vous déteste, comme nous vous détesterons toujours. »

Et les paroles coulant de source, avec une volubilité qui n'avait d'égale que sa rage parvenue à son paroxysme, elle conta ses griefs, disant le chagrin de son père quand Mme de la Pichardière lui avait offert de prendre une de ses filles, leur chagrin à toutes deux quand, trois années plus tard, la tante avait de nouveau voulu les séparer ; elle ne cacha ni leur animosité, ni leur désir de vengeance, ni l'épisode de l'effigie brûlée ; elle dit sa détermination de venir au Donjon à la place de sa sœur, contrairement à ce qu'avait décidé le colonel ; elle dit tout. Tante Hortense écoutait, un peu ahurie, tant soit peu décontenancée de découvrir un monde de sentiments qui étaient, pour elle, un territoire inexploré.

Cantonnée dans une vie facile qui n'avait pas été sans épreuves, mais qui avait été préservée de ces chocs et de ces catastrophes qui bouleversent certaines existences, elle en était arrivée à se détacher de tout ce qui ne concernait pas ses intérêts immédiats. Bonne toutefois, très bonne même à sa façon, elle distribuait aussi libéralement l'argent que les rebuffades, et c'était de grand cœur qu'elle

« JE NE VEUX PLUS RESTER CHEZ VOUS ! » S'ÉCRIA ALIX

avait offert à son neveu, d'abord de se charger de son avenir, puis, bien des années plus tard, de se charger de l'avenir de l'une de ses filles ; mais elle avait eu le tort de ne prendre en considération ni la vocation du jeune homme, ni les droits du père de famille. Entière dans ses idées, exclusive dans ses affections, elle avait alors tout brisé. Une troisième fois pourtant, de grand cœur toujours, elle venait d'ouvrir sa porte à l'une des orphelines. Comme, en somme, leur parenté était suffisamment éloignée pour qu'elle ne leur dût rien, recueillir cette enfant pouvait calmer les regrets que lui causaient peut-être les dissentiments passés ; elle reprenait aussi sans déplaisir cette idée d'adoption qui l'avait poursuivie toute sa vie sans qu'elle ait pu la mettre à exécution, mais, cette fois encore, elle n'avait envisagé la question qu'à son point de vue personnel : une seule enfant lui suffisait, elle n'avait pas songé à en prendre deux, n'ayant nullement fait entrer en ligne de compte la tristesse que pourraient avoir les fillettes en se séparant.

Cette tristesse, Alix venait de la lui révéler, et en même temps par ses griefs, en en donnant les motifs, elle lui faisait toucher du doigt son égoïsme. Cependant, elle ne devait pas encore s'en repentir. Au lieu de relever les griefs accumulés contre elle, elle les laissa retomber un à un dans l'oubli, et ne voyant plus que l'enfant, rebelle, sans doute, mais aussi franche, aussi droite au fond de l'âme qu'elle aurait pu le souhaiter, elle s'écria :

« Tu peux te vanter d'être une brave petite ! C'était crâne de venir chez moi avec une telle appréhension. Pour te récompenser...

— Me récompenser ? dit Alix, interloquée.

— Je maintiens le mot : tu mérites une récompense ; tu l'auras. Je te conduirai voir ta sœur à sa pension.

— M'y laisserez-vous ?

— Ça non. J'ai trouvé une perle de petite nièce, je la garde ! Un petit cœur d'or, c'est trop rare pour que je le laisse échapper. Ton caractère est fantasque, je le reconnais, mais le printemps lui-même a sa lune rousse, et quand ton humeur baisse, eh bien ! j'attends que le beau temps revienne. Je suis habituée à la campagne. »

La foudre tombant aux pieds d'Alix ne lui aurait pas causé un plus vif sentiment de son inanité. Elle eut conscience que sa tante la tenait entre ses mains comme ces rosiers qu'elle soignait et émondait à son gré, mais elle ne se laisserait pas faire.

Oh ! mais non ! De ses rosiers, tante Hortense était libre de faire ce que bon lui semblait ; du cœur d'Alix, elle n'aurait pas raison.

Jugeant le conflit terminé, n'y attachant guère plus d'importance qu'à une boutade d'enfant, Mme de la Pichardière était revenue à ses rosiers et ne regardait plus Alix qui, un instant confondue, relevait maintenant la tête avec défi.

« Tu me rendrais service en m'aidant, lui dit-elle ; je me suis mise en retard pour ces soins de jardinage que je me réserve. »

Mais l'heure de toutes les revanches avait décidément sonné. Alix se reprochait comme un crime ses atermoiements bien involontaires, et l'enfant qui, quelques jours plus tôt, dans l'ahurissement d'un accueil qui la décontenançait, s'était prêtée à faire la toilette des ancêtres, refusa de s'associer à une œuvre de printemps.

« Je ne tiens pas du tout à vous être utile, dit-elle d'un ton hautain ; je ne saurais d'ailleurs pas comment m'y prendre, je ne suis pas habituée à la campagne, moi. »

Nul doute, c'était la lune rousse.

Tante Hortense répondit avec la plus superbe indifférence :

« A ton aise, ma petite. Je m'en tirerai bien toute seule. »

CHAPITRE XII

CE QUI BRILLE

Après sa scène avec Alix, Louis n'était pas rentré directement à la roulotte. Il voulait réfléchir à ce qu'il venait d'apprendre. Il espérait encore que la fillette avait menti ou avait été elle-même trompée. Si cependant elle avait dit vrai ? S'ils étaient, son grand-père et lui, à la charité de Mme de la Pichardière !

Cette idée seule lui faisait monter le rouge au visage. C'était un singulier garçon, ce diable à quatre, susceptible de devenir, tout comme un autre, un brave cœur.

Jamais il ne s'était demandé si le travail du vieillard suffisait à leurs dépenses. L'argent — peut-être parce qu'il était rare dans la roulotte — n'avait à ses yeux aucune valeur ; un sou, vingt francs, c'est tout comme pour qui n'a rien ; mais demander l'aumône, c'est peu honorable, et se croire dispensé des devoirs de la reconnaissance, c'est outrepasser les bornes de la bassesse.

Comment son grand-père lui avait-il laissé ignorer les bontés de Mme de la Pichardière ? Comment lui avait-il laissé faire à Pétronille et, par contre-coup, à Mme de la Pichardière, des tours qui s'adressaient mal ? Et le grand-père riait quand il venait les lui raconter ! Il lui en voulut, mais, en même temps, il se reprocha de lui en vouloir, et une lutte se livra en lui entre la tristesse de sentir son grand-père en faute et son respect pour le vieillard, le seul être qui, dans la roulotte, ne l'eût jamais rudoyé.

De son père et de sa mère, il n'avait jamais rien su ; d'une existence de tendresse, il n'avait jamais rêvé.

Au plus loin que remontaient ses souvenirs, il se voyait dans la roulotte avec Sébastien et la grand'mère, morte depuis. Il y avait aussi l'oncle Basile et la tante Flore, plus jeunes de beaucoup. Chacun avait son attribution spéciale : la grand'mère disait la bonne aventure ; Basile et Flore s'intitulaient comédiens et, tout en regrettant les grandes scènes, jouaient des farces dans lesquelles on utilisait le talent de Louis pour imiter le cri de tous les animaux de la Création. Le grand-père, qui faisait de la vannerie dans ses moments perdus, remplissait, quand le besoin était, les rôles vénérables, ce qui ne lui allait pas, disait brutalement Flore. Flore appelait les vieux papa et maman, mais elle était méchante pour eux, et son mari était sournois et faux. Il y avait souvent des disputes dont Louis ne surprenait jamais la cause, car on le chassait à coups de pied quand, par hasard, il se fourvoyait dans la querelle.

Il avait le sentiment qu'il leur était à charge ; on le lui faisait d'ailleurs entendre par le moyen des taloches et des mauvais traitements ; mais, philosophe par nature ou par nécessité, il en prenait et il en laissait, c'est le cas de le dire. Si le toit de la roulotte était bien bas, le ciel était bien haut, et l'on vivait beaucoup sous le ciel. Si la pitance était maigre, la liberté était grande, le cadre sans cesse nouveau, jusqu'au jour où l'on était venu échouer à Coucy-les-Etangs. Cet arrêt forcé avait été suivi de près du départ de Flore et de Basile. Ils s'en étaient allés après une dispute, emportant le magot, mais non entier, car Louis se rappelait les adieux de la fille : « Ça vous portera malheur de garder ce qui nous appartient », et le gendre avait esquissé un geste de menace ; mais on ne les avait pas revus.

Peu de temps après, la mort de la vieille laissait Louis seul avec Sébastien, et il avait fort apprécié les avantages de sa nouvelle existence : la liberté sans les taloches lui paraissait ineffable. Sébastien, sur les conseils de Mme de la Pichardière, l'avait, il est vrai, fait inscrire à l'école, mais il la manquait ponctuellement, et, dans son désœuvrement, il vivait heureux, oubliant le passé, n'appréhendant pas l'avenir, et n'ayant pas songé que le présent a ses responsabilités, jusqu'à cette heure où la révélation d'Alix déchira ce voile d'insouciance et l'amena à éclaircir la situation.

Quatre heures sonnaient quand, décidé à parler à Sébastien, il regagna la roulotte.

Les enfants sortaient de l'école. Pas un d'eux ne l'aborda ; les plus sages fuyaient systématiquement cet élève indocile ; les têtes chaudes, ceux qui n'y regardaient pas à lui prêter main forte, comme cela était arrivé à l'occasion de la course au cimetière, ne se montraient pas ostensiblement ses camarades ; c'était mal vu de le connaître. En général, il s'en faisait une gloire ; pour la première fois, il en éprouva de la confusion. Peut-être savait-on qu'il vivait de charité et on le trouvait méprisable !

Il eût fallu une grâce de choix pour qu'instantanément il fût converti au point de regretter tous les tours qu'il avait joués. Il est probable que, s'il les eût passés en revue, il eût souri d'aise à la pensée de la tête déplumée de la receveuse des postes dont il avait fait disparaître la perruque au fond d'un puits, et de l'effarement du garde champêtre battant la générale en réponse au tocsin, tandis que la population criait au feu, et que les plus braves s'élançaient pour éteindre une flamme introuvable.

Regretter d'être le promoteur de scènes aussi plaisantes, non, mille fois non ; son unique *mea culpa*, il l'adressait à Mme de la Pichardière et même à Pétronille.

En s'approchant de la roulotte, il fut étonné de ne pas voir Sébastien travaillant à sa place habituelle, sur les marches de la voiture.

Troublé comme il l'était, il oublia de s'annoncer à sa manière, par l'aboiement joyeux du chien qui regagne sa niche ; d'un bond, il fut dans la voiture. Sébastien s'y trouvait.

Debout devant l'armoire, il tenait dans le creux de sa main droite un objet si petit que Louis ne l'eût pas remarqué si un rayon de soleil perçant l'étroite fenêtre ne l'eût fait briller au point que la vieille main brune semblait contenir une étoile.

« Qu'est-ce que c'est que cela ? »

L'enfant était déjà à portée du vieillard, mais la main osseuse s'était refermée, emprisonnant le rayon lumineux.

« Ça, c'est rien. »

Louis flaira un secret. Sébastien était rouge, gêné d'avoir été surpris et cherchant à détourner l'attention de l'enfant :

« L'école a donc fini plus tôt que de coutume ? demanda-t-il.

— L'école est finie, mais vous savez bien que je n'y vais jamais, dit Louis avec brusquerie.

— Oui, oui, dit le vieux, je le sais, tu ne me caches rien. On est même très indulgent pour toi ; le maître ne se plaint pas de tes absences.

— Ça, c'est certain, dit Louis ironiquement ; on se plaint d'un bon élève s'il menace de faiblir ; on se plaint d'un élève médiocre qu'on espère repêcher, mais les diables voués à l'enfer, on les y laisse ; c'est le déchet.

— Allons, allons, tu veux rire. On sait très bien que tu n'es pas un méchant garçon. Mme de la Pichardière me le disait encore ces jours-ci ; mais on fait la part des choses ; nous sommes des êtres à part.

— Et pourquoi, s'il vous plaît, sommes-nous des êtres à part ? »

Il s'était planté devant Sébastien ; les bras croisés sur sa poitrine, bien cambré, déjà viril, il semblait plus grand que le vieillard courbé en deux devant lui.

Et cependant, la réponse fut naturelle et ne manquait pas de bon sens :

« Comment veux-tu que, dans ce pays de bourgeois, d'artisans tranquilles, d'ouvriers penchés sur une tâche quotidienne, les nomades que nous sommes ne soient pas regardés comme des intrus ? Pour eux, nous sommes de pauvres hères, sans foi ni loi, des sans-patrie.

— Sans patrie ! s'écria Louis, ne retenant que le dernier de ces qualificatifs qui sonnaient mal à ses oreilles, sans patrie, je croyais que nous étions d'origine autrichienne.

— La vieille mère était autrichienne, mais le gendre était turc, moi aussi ; la fille est née en Bulgarie.

— Et moi ? »

Le vieux ne répondit pas.

« Et moi, grand-père ? »

Pas davantage de réponse.

Louis n'était pas patient.

« Je ne ne veux pas être un *sans patrie*, s'écria-t-il, il m'en faut une, fût-ce la Bohême.

— Tu l'as dit, tu es le fils de la bohême », dit le vieux avec un ricanement.

La réponse pouvait être à double entente. Louis n'y prit pas garde, et, déçu :

« J'aurais préféré être Français, dit-il.

Vous êtes sûr, grand-père, que je ne suis pas Français ?

— Ah ça, quelle mouche te pique ? Qu'importe ta nationalité ! N'es-tu pas mon petit-fils ? Est-ce que je te rends malheureux ? »

Ce n'était pas une réponse. Louis remarqua surtout la tristesse qui perçait dans le ton bourru de Sébastien et, à mi-voix, comme s'il s'en voulait d'oser questionner encore, résolu cependant à savoir:

« Pourquoi, demanda-t-il, ne m'avez-vous pas dit que c'est Mme de la Pichardière qui nous donne le terrain sur lequel nous vivons ? »

Sébastien eut un geste d'étonnement si vif que le visage de Louis s'éclaira.

« Vous ne le saviez pas ? dit-il.

— Mais non, je ne le savais pas. A te dire vrai, je ne m'en étais pas inquiété ; je me disais bien quelquefois que la commune pourrait se lasser de nous voir là, mais je vivais au jour le jour. Qu'est-ce qui t'a renseigné ?

— Peu importe, mais je suis content que vous n'ayez rien su, cela me faisait peine de penser que vous me laissiez faire tant de niches à Pétronille ; ce qui touche à Mme de la Pichardière réclame nos égards, et voilà que je vais regarder Pétronille comme une arche sainte. Pétronille ! drôle de nom, tout de même. Avec ça qu'elle a une tête ! Ça va me manquer de ne plus la faire enrager. »

Il redevenait gavroche ; le vieillard reprit son air insouciant. Sans doute, c'était sur un autre point qu'il avait craint de baisser dans l'estime de l'enfant et, reprenant pied sur ce terrain plus sûr :

« Ça, c'est vrai que si nous avions été mieux informés, ça lui aurait évité des camouflets.

— Mais maintenant, elle peut être tranquille, dit Louis ; seulement — il redevenait sérieux — comment allons-nous faire pour payer l'arriéré ?

— L'arriéré ? quel arriéré ?

— Mais celui de la location ! Ça doit monter gros, depuis si longtemps.

— Tu veux rire ! Il n'y a pas de papier nous engageant. Nous ne devons rien ; d'ailleurs, avec la meilleure volonté du monde, comment ferions-nous pour payer ? Nous n'avons pas un rouge liard. »

C'était vrai. Louis baissa la tête, accablé par l'évidence, et il balbutia :

« Cependant, ce n'est pas très bien de se laisser loger pour rien, et puisque nous connaissons notre propriétaire, il serait honnête de prendre des arrangements avec elle. On a des bras pour travailler. »

Le vieillard le regarda avec stupéfaction.

Mme de la Pichardière l'avait bien dit, l'enfant était loyal, mais elle s'était abusée en croyant que le vieillard l'était aussi, et en lisant dans le cœur du petit garçon ce qu'était la loyauté, Sébastien sentit entre cette âme d'enfant et la sienne un insondable abîme ; alors il eut peur... de quoi ? Et, revanche pitoyable, peu généreuse, il s'écria :

« On a des bras, dis-tu, pour travailler ; jusqu'ici, je n'ai connu que les miens ; s'ils n'ont pas suffi à la besogne, ce n'est pas à toi, paresseux, à me le reprocher. »

Et, interprétant un mouvement de Louis :

« Tu vas me dire que tu le regrettes, que tu vas chercher un emploi ; mais, malheureux garnement, tu n'es bon à rien, et personne ici ne voudrait t'employer. Si nos dettes t'incommodent, comme je ne puis les solder, il ne nous reste qu'à tirer la révérence au pays, à prendre avec nous ce que nous avons de plus précieux — involontairement il avait serré plus fort son poing fermé — et en avant ! Va comme je te pousse ! Roule ta bosse à travers le monde, sur la route de la Bohême ! »

Durement atteint par le reproche mérité, Louis n'invoqua aucune excuse. Ce *bon à rien* paralysait ses résolutions naissantes ; il reconnaissait, en effet, difficile de s'employer dans ce pays où il s'était fait si mal juger. Cependant, il se disait que leur départ ressemblerait à une fuite et qu'il ne fallait pas fuir... que ce serait une bassesse de plus, et qu'au contraire, c'était ici qu'il fallait se relever.

« Ne te fais pas de bile, lui dit Sébastien, qui regretta d'avoir été trop dur ; je suffis pour l'instant. »

Un bruit de pas, un bruissement de feuilles dans l'étroit jardinet indiquèrent l'approche de quelqu'un. Prestement, Sébastien fit disparaître dans sa poche ce qu'il tenait à la main.

« Qui vient là ? demanda Louis.

— Ce n'est que moi. »

Sur les marches de la roulotte, la femme de chambre de Mme Denin venait d'apparaître. Elle portait une corbeille remplie de framboises. Sa vue parut être désagréable au vieillard.

Quant à Louis, éprouvait-il pour la servante l'aversion naturelle que cause à une nature très droite l'approche d'une âme cauteleuse ? Etait-ce une antipathie raisonnée ou instinctive ? Quoi qu'il en fût, il la reçut fort mal.

« Ah! ça, il n'y a donc rien à faire chez votre maîtresse qu'on vous trouve partout où on aimerait beaucoup mieux ne pas vous voir ? »

Un froncement imperceptible des sourcils roux témoigna que la phrase peu accueillante avait porté, mais le regard fuyant ne se laissa pas surprendre, et la voix se fit mielleuse pour répondre :

« C'est Madame qui m'envoie. Madame est très reconnaissante de ce que vous avez fait, l'autre jour, pour la petite ; elle vous prie d'accepter ces fruits ; ils viennent du jardin.

— Ah ! vraiment, elle est reconnaissante, et elle éprouve le besoin de me le faire savoir par vous ? A combien estime-t-elle la vie de sa fille ? »

Il avait pris la corbeille, la soupesait, et, féroce dans son ironie, saisissant l'occasion d'exprimer son antipathie à l'infidèle gouvernante :

« Tiens, voilà pour ta peine de t'être chargée de la commission. »

Il l'avait coiffée du panier de framboises. L'effet fut immédiat ; il fut désastreux. Sur la tête rousse qui servait de pressoir, le jus vermeil ruissela lamenta-blement ; le bonnet de soubrette, les mèches folâtres, les sourcils roux, le corsage de piqué blanc et le tablier à bavette prirent une teinte uniforme.

Sous le couvert du panier, les yeux faux dardèrent sur Louis un regard haineux.

Sébastien s'excusa :

« Faut lui pardonner, c'est un espiègle. C'est dommage ! de si beaux fruits ! »

Il semblait regretter surtout les framboises.

« On le sait espiègle, on sait cela ! Ce n'est pas gentil, tout de même ! »

La voix restait mielleuse.

« Quand vous voudrez partir, dit Louis, les bras croisés, dans une pose d'attente.

— On s'en va, on s'en va. »

Elle s'était dégagée du panier qu'elle jeta à Sébastien. Il l'attrapa au vol, le soustrayant à Louis qui essayait de s'en emparer.

La fille s'éloigna. Louis la suivit des yeux pour s'assurer qu'elle ne se ravisait pas. Quand il se retourna, Sébastien achevait de vider le panier au fond duquel Louis crut voir, mais rougie et comme tachée de sang, une enveloppe décachetée.

Il se trompait peut-être ; en tout cas, Sébastien n'était pas d'humeur à se laisser approcher, et la scène fut close, laissant à l'enfant un inexplicable sentiment de malaise.

CHAPITRE XIII

LE PREMIER GAIN

Une pluie fine tombe depuis ce matin; cette pluie, succédant à une période de sécheresse est un bienfait pour la campagne, Mme de la Pichardière s'en réjouit ouvertement. Alix s'en exaspère. Si elle doit en être réduite à être enfermée entre quatre murs, autant la prison ; mieux vaut la mort.

Jamais, non jamais elle n'a vu tomber une pluie aussi ennuyeuse, aussi persistante. Jamais elle n'aurait pu soupçonner qu'une baisse de baromètre pût ajouter à la tristesse de son existence ; elle désespère de se faire renvoyer. Ne met-elle pas tout en œuvre pour lasser la patience de sa tante et ses efforts ne sont-ils pas toujours vains ? Elle n'a plus un reproche à s'adresser sous ce rapport; tante Hortense se trouve aux prises avec un véritable porc-épic. Mais elle ne semble pas s'en apercevoir et rien n'est plus déconcertant pour Alix que de voir ses ripostes les plus tenaces, ses obstinations les plus véhémentes venir misérablement se heurter à une placidité démontante. Mme de la Pichardière lui proposait-elle de l'accompagner dans ses courses, au refus catégorique d'Alix elle répondait avec bonne humeur : « Il est vrai que tu es si bien dans le jardin; je comprends que tu préfères y rester. Amuse-toi, petite. »

Et elle sortait seule.

Demandait-elle un service qu'Alix s'empressait de refuser? elle n'insistait pas, disait seulement:

« Cela t'ennuie, je comprends cela, va jouer, petite, amuse-toi. »

Libre de s'amuser toujours, Alix s'ennuyait considérablement ; elle ne recherchait pas les oies et n'avait entendu parler de Louis qu'une seule fois pour apprendre une chose singulière.

« En voilà du nouveau, avait dit Pétronille, un matin, il paraît que le petit-fils de Sébastien se range, et qu'il aide son grand-père à tresser des paniers.

— Tu rêves, avait répondu Mme de la Pichardière.

— Cela me changera des cauchemars qu'il m'a donnés, avait répondu très judicieusement Pétronille; mais c'est pourtant vrai que voilà au moins huit jours qu'on est tranquille. »

C'était le laps de temps qui s'était écoulé depuis qu'Alix lui avait si vertement reproché son ingratitude envers Mme de la Pichardière : avait-il fait un retour sur lui-même ? une seule parole, qui lui avait été lancée comme une injure, avait-elle suffi pour faire de lui un autre garçon ?

Alix eût aimé à le savoir, mais elle n'osait aller à la roulotte, retenue non pas certes par la défense que sa tante lui en avait faite — c'eût été au contraire une occasion de désobéir ; mais par la crainte de rencontrer le regard des yeux myosotis.

Que lui reprocheraient-ils encore?

Ses révoltes, ses désobéissances, ses bouderies ? mais c'était son seul moyen de se rendre à charge à tante Hortense; personne ne la comprendrait donc!

Elle avait pensé à écrire à Roger, et à lui demander de supplier son tuteur de venir la chercher et de la réunir à sa sœur. Elle avait même commencé plusieurs lettres ; mais les unes après les autres, elle les avait déchirées; ce n'était pas un pardon qu'elle venait solliciter; c'était une grâce, et elle connaissait trop Roger, elle le savait trop à cheval sur la discipline, pour espérer qu'il se rangerait de son côté avant de l'avoir amenée à se repentir.

Se repentir d'avoir soustrait Gabrielle à une vie d'épreuves! se repentir de s'être jetée entre tante Hortense et la douce petite créature dont elle eût fait un paria! et comme pénitence risquer de voir Gabrielle venir prendre sa place au donjon!

Oh! plutôt mille fois continuer cette lutte.

Mais de lutter sans trêve, d'attendre toujours cette issue favorable qui toujours s'éloignait, de voir ce cadran marquer perpétuellement douze heures; ce rouet qu'aucune main ne mettait en mouvement, cette chaise à porteur qui passait à l'état de vieillerie, et au dehors la nature endeuillée et des oiseaux silencieux, tout cela finit par lui causer une lassitude si oppressante qu'un jour, n'en pouvant plus de se débattre en vain, elle s'écria hors d'elle :

« J'étouffe, oh ! mais j'étouffe, je n'en puis plus. »

Elle était dans la salle et se croyait seule. Tante Hortense qui entrait la regarda surprise.

« Tu étouffes? il fait cependant frais dans cette pièce, et pour combattre l'humidité je suis souvent obligée d'y faire une flambée même l'été. Rien d'égayant comme une flambée ; l'hiver lui-même a son charme quand le vent soufflant au dehors, on se groupe autour du foyer. Tu connaîtras, petite, le bien-être de ces longues veillées, pendant lesquelles on songe aux pauvres en travaillant pour eux. »

Et Alix qui commence à croire que tante Hortense a raison, et qu'en effet, elle verra au Donjon les veillées d'hiver et ensuite le printemps, pour la première fois baisse la tête désespérée.

Mais on a brusquement ouvert la porte, sans même frapper, elle se retourna ; Louis entrait en bourrasque.

Il était rouge comme s'il n'avait fait qu'un bond de la roulotte au Donjon.

« Madame, madame, dit-il en courant à Mme de la Pichardière. J'ai appris ce que vous faites pour nous; nous l'ignorions, sans cela notre dette eût été moins forte. Il nous faudra du temps pour l'acquitter, mais voici le commencement » et fièrement, il lui tendit une pièce de deux francs. Mme de la Pichardière ne les prit pas et son visage exprima une telle fureur que Louis qui cependant ne se démontait pas facilement devint tout pâle, et murmura: « Je vous apporte très peu, c'est vrai; c'est mon premier gain; le prix d'une corbeille en osier; et je travaille moins bien que grand-père ; mais je m'y mettrai ; ayez seulement un peu de patience; je paierai tout. »

Ses phrases hâchées, son attitude de coupable, alors qu'il commençait par ce seul acte à se relever, n'atténuèrent pas la colère qui empourprait le visage de la vieille dame; elle l'avait saisi au collet et le secouant de la plus belle manière.

« Tu vas me dire quel est le misérable qui t'a si bien renseigné, quelles preuves a-t-il données comme sanction à sa parole? t'a-t-il montré un acte vous engageant? il t'a peut-être aussi de ma part intenté un procès ; je veux savoir son nom pour le chasser à jamais de ma présence, dussé-je apprendre qu'il s'agit de ma servante Pétronille.

— C'est moi! »

Alix s'interpose triomphante.

Sans le savoir Louis vient de lui tendre la planche de sauvetage. Chassée, elle était chassée par tante Hortense!

Tout porte à croire qu'indépendamment d'aucun retour sur elle-même, se tenant pour assurée que Louis ne la dénoncerait pas, elle se serait accusée afin de ne pas laisser les soupçons s'égarer sur des innocents ; mais son élan eût-il été aussi spontané si elle n'eût enfin cru toucher à son but?

Chassée! chassée par tante Hortense!

La scène était typique.

D'un côté Louis, qui venait de se laisser secouer comme un prunier; de l'autre Alix, arrogante dans son triomphe, et entre eux Mme de la Pichardière encore frémissante d'indignation et déjà sous l'empire d'un apaisement qui bientôt domina.

L'action qu'elle venait de qualifier d'abominable s'apetissait à la hauteur de la coupable; elle devina une discussion d'enfants, un échange de mots plus ou moins aigres, et toute émue de voir Alix s'accuser :

« C'est gentil ce que tu fais là, lui dit-elle, j'aime que l'on dévoile ses sottises. »

Pour la seconde fois, et plus pesamment encore, Alix sentit tomber sur elle le poids d'une tutelle dont ses efforts impuissants n'arrivaient pas à la dégager ; sous le choc, elle demeura terrassée, elle comprenait qu'elle était, qu'elle resterait la victime de tante Hortense, victime, en tout cas prisée très haut. Mme de la Pichardière était prête à la mettre sur un piédestal. Elle allait et venait dans la salle, aspirant bruyamment, comme si elle eût voulu saturer ses poumons d'un air très sain, et s'exclamant.

« Quelle brave petite, ça ne garde rien sur la conscience, ni sur le cœur, tout au grand jour, c'est franc, c'est loyal. »

Et s'arrêtant devant Louis.

« Toi aussi tu es loyal; ce que tu viens de faire rachète bien des torts, j'allais dire que cela rachète tous tes torts; dis à ton grand-père de ne pas s'inquiéter, je le tiens quitte de l'arriéré, qu'il dorme tranquille. »

L'enfant eut un geste offensé:

« Vous refusez mon argent?

— Attends donc, tu t'emportes avant de savoir où je veux en venir; je refuse l'arriéré, c'est un cadeau que je fais à ton grand-père; il est vieux, mérite la compassion, voyons, tu ne me retireras pas le droit de faire des cadeaux quand bon me semble; mais quand tes gages seront assez gros pour que tu puisses payer la location du terrain, eh! bien ce sera affaire entre toi et moi; pour l'instant, garde ton argent. »

Mais elle vit dans les yeux qui se levaient vers elle une peine très grande du refus essuyé, et se ravisant :

« Puisque tu y tiens, donne. »

Elle tendait la main d'un geste brusque, destiné à en finir rapidement avec cette question de monnaie ! mais si brusque qu'ait été son geste et si rapide celui de Louis pour lui remettre les deux francs, elle avait pris le temps de serrer amicalement la main de l'enfant.

« Seulement tu sais, gamin, il faudra travailler. Être vannier, c'est bon pour les vieux; tu dois chercher autre chose.

— Je ne trouverai pas. »

C'était dit avec découragement.

« Il y a bien une place chez le forgeron, reprit-il, ce serait mon affaire; mais jamais il ne voudra de moi, il est cousin de Mlle Pétronille. »

Un rire très sincère transforma le vieux visage de tante Hortense.

« Ah ! pauvre gars, pauvre gars ! ce n'est pas elle, en effet, qui te recommandera; mais je tâcherai de voir à la chose; va mon garçon. »

Il fit deux pas vers la porte ; mais revint aussitôt.

« Mme de la Pichardière?

— Quoi donc encore?

— Je pense qu'il vaut peut-être mieux que je demande à Mlle Pétronille de parler pour moi, cela la flattera peut-être.

— Cela pourra la flatter ; mais plus sûrement encore tu seras éconduit.

— Cependant, reprit Louis en la regardant de ses grands yeux honnêtes, ce serait le moyen de lui faire comprendre que je veux m'amender.

— Tu as raison; va lui parler. »

Il avait eu raison ; quels mots avait-il trouvés pour convaincre Pétronille qu'il était digne d'être patronné par elle?

« Les braves gens ça s'entend toujours. »

Ce fut la réflexion de Mme de la Pichardière quand, curieusement postée devant la fenêtre, elles les vit sortir tous les deux.

Pétronille marchait en avant, la tête

PÉTRONILLE S'AVANÇAIT, SUIVIE DE LOUIS QUI ÉTAIT COIFFÉ DU PANIER

haute, l'air d'une souveraine qui vient d'accorder une grâce, ou encore d'une ambassadrice qui s'est chargée d'une mission. A deux pas derrière elle venait Louis qui portait le panier sans lequel elle ne sortait jamais — ses insignes de cuisinière — mais il ne savait pas marcher longtemps sagement ; au bout de quelques pas il s'était coiffé du panier et gambadait en lançant dans l'air les trilles prolongés du canaris.

Mme de la Pichardière riait; Pétronille riait ; Alix ne riait pas, elle avait tout vu cependant, mais les drôleries du diable à quatre ne lui arrachaient plus un sourire.

CHAPITRE XIV

L'ÉCHELLE CORDIALE

« Ho! la ! la petite fille, la petite fille! » Sous les fenêtres du Donjon, des voix déjà peu formidables se faisaient plus basses encore pour appeler Alix.

Les oies sont là, Esther tient une pelote de ficelle, les cinq autres des navettes; la petite des ciseaux prudemment enfermés dans leur étui.

Alix met la tête à la fenêtre de la salle, et la conversation s'engage.

« Que voulez-vous?

— Chut! Chut! on veut vous sauver; on a trouvé le moyen; mais il faut que vous nous aidiez.

— Ah! vraiment, vous avez eu une idée à vous six, c'est à peine croyable; on a dû vous la souffler.

— Oh ! non, répondit Henriette avec la candeur d'une âme qui se reconnaît influençable, Louis est à la forge, on ne le voit plus, et il était le seul avec nous à connaître votre secret. »

C'était chuchoté; il fallait une oreille très fine pour entendre. Alix avait l'oreille fine, elle entendit. Elle entendait aussi au loin, assourdissant, le bruit de l'enclume qui battait le fer. Grâce à Pétronille, Louis avait trouvé place chez le forgeron; comme il le disait plaisamment, il avait déniché un métier qui parlait de lui alentour, très haut ; il n'avait rien à cacher.

C'était bien à lui que pouvait s'adresser l'éloge dont Mᵐᵉ de la Pichardière avait gratifié sa nièce ; la conscience comme le cœur au grand jour.

« Et sans doute aussi il n'aurait pas approuvé votre idée, dit Alix, très peu confiante dans la sagesse des oies.

— Mais, vous, vous serez bien contente », dit Lucie.

« En voilà une façon de rendre visite à ses amies, dit Mᵐᵉ de la Pichardière, qui rentrait de la serre portant une corbeille de raisins. Ne pouvez-vous entrer. Le Donjon n'est-il pas ouvert à tous; c'est l'heure du goûter, venez. »

Alléchées par la vue du raisin, les petites suivirent tante Hortense et sa corbeille dans la salle d'où Alix aurait bien voulu s'enfuir, mais un appétit contrariant la tenaillait toujours au moment de se mettre à table.

Sur un ordre de sa maîtresse, Pétronille apportait un goûter succulent, servi sans façon par exemple; cela eut compliqué le service de sortir les gâteaux de leurs boîtes de fer blanc, et de mettre les confitures dans des compotiers; la mère l'oie eût été choquée; sa couvée était radieuse; ce sans cérémonie n'excluait en rien l'abondance:

« Est-ce qu'on aura de tout? demanda Esther.

— La belle question, vous n'avez qu'à étendre la main et à vous servir. »

Elles ne se le firent pas répéter, même Christine qui paraissait fort apprécier les gâteries de tante Hortense.

« J'imagine, reprit Mᵐᵉ de la Pichardière, désignant les navettes, qu'elles avaient posées sur le bout de la table, que vous étiez venues avec des intentions de travail.

—. Oui, dit Esther, nous voulons faire une échelle en corde.

— Nous ne savons pas commencer, dit Henriette.

— C'est très difficile, dit Lucie.

— Il faut qu'Alix nous aide, dit Mathilde.

— Et qu'elle fasse l'échelle solide, dit Elise.

— Et très longue, » dit Claire.

Christine ne dit rien.

« Ah! vraiment dit Mᵐᵉ de la Pichardière, il faut qu'Alix s'en mêle; c'est l'échelle cordiale alors?

— Oui », répondirent en chœur les fillettes qui ne comprenaient pas qu'elles étaient la risée de tante Hortense.

Alix est plus perspicace, et tout la porte à croire que tante Hortense devine ce qu'elle vient seulement de deviner elle-même ; cette échelle est destinée à favoriser son évasion ; il s'agit de lui procurer le moyen de descendre par la fenêtre, la nuit, pour aller où? Les ressources de leur esprit n'ont pas permis aux oies de voir plus loin que l'échelle.

« Alix n'y connaît rien, dit tante Hortense, mais j'ai quelque notion de ce genre de travail, donnez-moi une navette et la ficelle. »

Elle s'assit; les petites l'entourèrent; elles essayaient de suivre le mouvement actif de la navette; mais Mᵐᵉ de la Pichardière travaillait si vite qu'elles en perdaient la tête ; seule Christiane paraissait très satisfaite ; elle regardait d'un air ravi la chaîne qui s'allongeait, s'allongeait, et au moment où le joli petit cordon prit des airs d'importance, elle avança ses ciseaux et crac ! en voilà une partie qui retomba piteusement sur les genoux de l'ouvrière.

Horrifiées les sœurs s'écrièrent:

« Qu'est-ce que tu as fait ? »

Mais Mᵐᵉ de la Pichardière la regarda pensivement.

« Drôle de petite fille va! »

Et s'adressant aux aînées:

« Vous n'avez pas honte de vous faire donner des leçons par votre benjamine. »

Elles répétèrent « Honte! honte! » par deux fois, elles ne connaissaient pas les atteintes des grandes passions.

« Oui honte, reprit Mᵐᵉ de la Pichardière, honte d'être des pygmées sans cervelle auprès de ce petit lutin qui vous coupe l'échelle sous le pied parce qu'elle sait bien que votre échelle comme vos idées, ne valent rien qui vaille, rentrez chez vous; ma nièce se passera de vos conseils, comme de votre échelle et toi, Alix, va faire tes préparatifs nous irons demain voir ta sœur. »

« Eh bien ! oui, demain, accentua-t-elle en voyant Alix demeurer interdite sous le coup de la nouvelle qui la prenait à l'improviste. Tu mérites une récompense, tu l'auras. Ah çà, m'avez-vous comprise, partirez-vous ! »

Ceci s'adressait aux oies, qui n'avaient pas bougé d'une ligne. Elles s'ébranlèrent.

Alix monta à sa chambre.

Ses préparatifs étaient nuls; mais elle avait besoin de savourer sa joie de revoir Gabrielle!

Cette joie cependant n'était pas sans mélange. Leur entrevue devait être si courte! ce serait déchirant de se quitter encore.

Une crainte aussi la troublait ; la lettre de Gabrielle demeurait un mystère, se-rait-il possible que sa petite sœur ne fût plus tout à fait la même...

Cette crainte, qui la poursuivit pendant le voyage, était arrivée à son paroxysme quand, assise près de sa tante, dans le parloir du pensionnat, elle toucha au moment de revoir Gabrielle.

Il y avait bien du monde dans ce parloir, et elle ne s'apercevait pas qu'on les regardait beaucoup.

Qu'avaient-elles donc de remarquable? admirait-on la branche de lilas qui ornait le toquet de satin de Mᵐᵉ de la Pichardière? ou sa casaque, dont la pèlerine brodée de jais faisait l'envie des habitantes de Coucy-les-Etangs?

S'avisait-on de remarquer que près de cette dame cossue, la toilette d'Alix faisait piètre figure. Tante Hortense n'avait pas eu l'idée d'inventorier sa garde robe, et l'enfant s'était bien gardée d'attirer son attention sur ce sujet brûlant; mais si son travestissement involontaire en mendiante ou en reine détrônée n'avait pas eu de lendemain, et si elle avait repris avec plaisir son costume d'arrivée, elle n'avait pu obvier à l'usure du temps. Quant à ses chaussures, plus maltraitées encore que la robe, elles étaient si éculées qu'un pauvre ne les eût pas enviées.

« Des gâteaux! j'ai oublié des gâteaux! où ai-je la tête ? »

C'est tante Hortense qui s'émeut ainsi; on ne vient pas voir une pensionnaire sans lui apporter des gâteries! Afin de remédier à cet oubli impardonnable, elle va à la recherche d'un pâtissier. Alix reste seule. Seule? le parloir cependant s'emplit de plus en plus, et par la porte du fond les pensionnaires arrivent. Il y en a des petites, des grandes, des brunes. des blondes. Toutes se jettent dans les bras qui s'ouvrent pour les recevoir, et c'est dans ce brouhaha qu'Alix se sent toute seule; la présence de tante Hortense, qui si souvent lui pèse, lui eût évité cette impression de solitude.

Autour d'elle ce sont des joyeuses exclamations:

« Bonjour, papa, bonjour maman ! »

Et elle songe que sa sœur et elle ne prononceront plus jamais ces noms si doux.

Des bras enfantins, des bras d'orpheline, sont les seuls qui vont se tendre pour recevoir la petite Gabrielle.

La fillette arrive à son tour. Elle est quelquefois demandée au parloir par le bon grand-père et par Jeanne; elle les cherche du regard; mais quelle surprise!

Deux cris s'échappent :

« Gabrielle! Alix! »

Elles sont en face l'une de l'autre; avant de s'embrasser elles se regardent, comme pour se retrouver pleinement, jusqu'au fond de l'âme, et ce regard leur donne soudain une expression au-dessus de leur âge, et si particulièrement touchante qu'une mère près d'elles devinant qu'elles sont tout l'une pour l'autre laisse échapper un soupir et murmure:

« Pauvres petites! »

CHAPITRE XV

AU PARLOIR

Mme DE LA PICHARDIÈRE rentrait au parloir au moment où tombait sur les deux fillettes le qualificatif compatissant d'une mère de famille. A deux pas des enfants, les bras chargés d'emplettes, elle regardait, non pas cette petite nièce inconnue, dont elle s'était si peu souciée; mais sa fille adoptive, dont elle avait surpris l'affection inquiète.

Le scène de reproches qu'Alix lui avait faite, et qui n'avait pas été sans l'émouvoir, lui apparut sous un jour plus intimement douloureux encore qu'elle ne l'avait pressenti; mais elle était peu sentimentale, et persuadée qu'un chagrin d'enfant est facilement consolable :

« Voici les gâteaux », dit-elle en se rapprochant des deux sœurs, qui se serraient étroitement l'une contre l'autre.

« C'est tante Hortense! dit Alix d'un ton sec.

— Et ce sont les gâteaux », répéta Mme de la Pichardière en ouvrant les cartons qui contenaient des friandises.

Il y en avait une provision : choux à la crème, éclairs, meringues, babas...

« Mangez, mes enfants, mangez ; si vous n'en avez pas suffisamment, je sais où m'en procurer d'autres. »

Mais les fillettes ne l'écoutaient pas; elles s'étaient levées simultanément en voyant se diriger de leur côté M. Laforest et sa petite fille.

Alix était devenue rouge comme un homard.

Gabrielle la calma, d'un mot: « Il ne sait rien de notre supercherie ».

Jeanne tomba comme une bombe entre la tante et les nièces ; sa verve sauva la situation :

« Quelle chance de se rencontrer ! Inutile de nous présenter, vous nous devinez, n'est-ce pas, Madame ? Embrasse-moi Alix, et raconte-moi tout. »

Elle avait sauté au cou d'Alix, et malgré son désir de savoir ce fut elle qui parla tout le temps ; loquace, étourdis-

sante, au mieux avec Mme de la Pichardière qu'elle amusait, et dont elle dévorait les gâteaux tout en disant:

« Il faut se presser de les manger; ils sont tous à la crème et le réglement du pensionnat défend d'en emporter dans les salles; ce serait dommage de les perdre, et il ne faut pas compter sur Alix et sur Gabrielle, elles sont confites dans leur joie de se revoir. »

Jugeant inutile de questionner Alix, elle prenait à partie Mme de la Pichardière:

« Dites, Madame, votre Pétronille n'a-t-elle pas encore eu le cou tordu par le diable à quatre?

— Mauvaise pièce! si vous lui en aviez donné l'idée il l'aurait peut-être bien fait, avant sa conversion, car maintenant il est devenu raisonnable..., mais comment le connaissez-vous?

— Par les lettres d'Alix, et je l'aime sans l'avoir vu; je suis certaine que nous nous entendrions à merveille lui et moi; je regrette tant de n'avoir pas un frère. »

Elle s'interrompit, et se mordit les lèvres. Son grand-père avait les yeux pleins de larmes.

« Faut-il que je manque de cœur pour parler ainsi à tort et à travers et rappeler des souvenirs que je devrais m'efforcer d'écarter! »

C'est elle maintenant qui a les larmes aux yeux; son grand-père lui sourit tendrement en lui assurant qu'il n'a rien à lui pardonner, et il explique à Mme de la Pichardière le sujet de son émotion. Son fils aîné, qui avait établi un comptoir à Smyrne, y avait été massacré ainsi que sa jeune femme; on n'était jamais arrivé à savoir, malgré toutes les recherches, ce qu'était devenu leur petit garçon, alors âgé de trois ans. Avait-il été massacré, lui aussi? qu'était-il devenu? incertitude poignante pour le pauvre grand-père. Par miracle, à leur dernier voyage en France le jeune couple avait laissé à Paris la petite Jeanne, très délicate, et l'avait confiée au grand-père. Que ne lui avait-on laissé aussi le pauvre petit garçon!

Tout en l'écoutant, et en lui offrant les consolations que lui dictait sa pitié, Mme de la Pichardière se disait:

« Ai-je donc vu ce vieux Monsieur, ou suis-je le jouet d'une ressemblance ? il me semble reconnaître ces yeux si bleus, si francs, si loyaux. »

Alix profita de l'attention que sa tante apportait à ce récit, pour glisser dans l'oreille de Gabrielle ses confidences à elle.

« Si tu savais combien je suis malheureuse sans toi, et tante Hortense ne le comprend pas. J'ai beau être aussi désagréable que possible, rien n'y fait. Je ne pouvais pas me douter que ce serait si difficile de me faire renvoyer, ma vie n'est pas tenable; toujours bouder ou me révolter, ou désobéir, mais je ne regrette pas ce que j'ai fait, je ne regrette rien; je n'ai qu'une peur, c'est que notre tuteur ne se doute de quelque chose avant que je ne sois arrivée à mes fins. »

Elle ne soupçonne pas l'embarras de Gabrielle qui, fidèle à la consigne, ne peut lui dire que leur tuteur est au courant de tout.

Elle doit s'en tenir aux gestes, aux exclamations, mais quels gestes découragés, quelles exclamations! et comme son pauvre petit visage fait peine à voir; il n'en fallait pas tant pour fortifier Alix dans son désir de faire cesser au plus vite une séparation aussi cruelle, et elle allait dire :

« Aie confiance, je vais me remettre à l'œuvre et avant huit jours je te reviendrai », quand elle fut interrompue par le bon grand-père qui, trouvant discret de laisser Gabrielle en famille abrégeait sa visite.

Les fillettes s'embrassèrent; bientôt d'ailleurs la cloche annonça la fin du parloir.

Et ce fut le départ, pressé par les surveillantes qui jugeaient opportun d'intervenir; retardé par les élèves qui reconduisaient leurs parents jusqu'à la porte, et quand Alix se trouva dans la rue, il lui sembla qu'elle n'avait pas bien embrassé sa sœur ; elle était certaine de ne pas lui avoir dit tout ce qu'elle aurait voulu lui dire. Maintenant la porte est retombée entre elles ; sa tante l'entraîne, elles marchent au hasard à travers des rues plutôt tristes, et débouchent enfin sur la place où se profilent majestueusement les tours de Saint-Sulpice.

Beaucoup moins majestueuse, Mme de la Pichardière s'assied sur un banc pour se reposer, dit-elle, et aussi pour goûter à son tour; elle ouvre la boîte qui renferme les gâteaux à la crème que Jeanne, malgré sa bonne volonté, n'a pu arriver à manger.

« Inutile d'en faire des reliques, dit-elle, en veux-tu Alix ? »

Alix refuse, et la tante mangea, mangea consciencieusement jusqu'au dernier gâteau. Puis elles se remirent en route. Tante Hortense avait pris le bras d'Alix, et s'y appuyait lourdement.

« C'est étonnant, disait-elle, comme je suis mal à l'aise! J'ai peut-être eu tort de manger ces gâteaux. Oui, positivement j'ai eu tort. Cette mesure de proscrire la crème au pensionnat est salutaire, car les jours de parloir l'infirmerie serait comble. Je suis toute brouillée. »

Un pharmacien se trouva à point sur leur route, elle y entra, se fit donner de l'eau de Mélisse des Carmes, et un peu moins pesante sur le bras d'Alix se mit en quête d'une auto pour les conduire à la gare.

CHAPITRE XVI

DANS LA ROULOTTE

Ouf! cette petite fille inerte que Mme de la Pichardière ramène à Coucy-les-Etangs! Pendant tout le trajet elle n'a pas dit un mot. Elle ne dort pas cependant. Par instants ses traits se contractent comme si elle voulait retenir ses larmes, et c'est triste la douleur muette de cette petite.

« Meaux ! » sa tante est obligée de lui rappeler qu'elles doivent changer de train.

C'est encore jour de marché ; le petit train navette est encombré ; les derniers venus montent où ils peuvent, sans distinction de classe, et Mme de la Pichardière voit surgir dans son wagon quatre maraîchères et cinq fois plus de paniers.

On échange les civilités d'usage.

« On va peut-être vous gêner, Madame, faites excuses.

— Je vais mettre mes paniers dans le filet, ça prendra moins de place.

— Le mien servira de tabouret à la petite demoiselle, elle pourra s'y appuyer sans crainte; il ne contient pas de chat. »

L'allusion arracha Alix à sa torpeur, elle reconnut Mme Leclerc; mais répondit à peine au sourire qui témoignait du plaisir qu'avait la bonne femme à la retrouver.

Mme Leclerc n'avait pas revu Alix depuis le voyage qu'elles avaient fait ensemble; elle lui trouva une mine toute drôle, et comme elle ne dissimulait jamais ses impressions — le tact faisant à ses yeux partie du mensonge — elle demanda à Mme de la Pichardière si la petite demoiselle avait été malade.

« Malade! qu'est-ce qui peut vous le faire supposer, s'écria tante Hortense en sursautant sur la banquette, la trouveriez-vous maigrie, changée? » Elle se tourna vers Alix.

« Elle est un peu pâle, c'est vrai, Madame Leclerc ; sans vous je ne m'en serais pas aperçu ; mais tous les enfants ne sont pas riches en couleurs, et ils ne s'en portent pas plus mal. Maigrie ! serait-elle maigrie? »

Elle tâtait les poignets d'Alix, ses bras, ses joues.

« Pas très grasse, en effet; mais la cause ? On ne peut accuser l'air de Coucy-les-Etangs; il est de première qualité; la nourriture serait-elle insuffisante? mais parle donc ! le lit est-il mauvais, as-tu des insomnies?

— Oh! dit Mme Leclerc, consternée de l'effet qu'avait produit sa réflexion, je n'ai pas voulu dire que la petite soit mal soignée; c'est justement parce qu'elle est dans les meilleures conditions que je m'étonne de ne pas lui trouver une autre mine; mais il ne faut pas vous inquiéter, les enfants ça se remet aussi vite que ça dépérit.

— Dépérir! elle dépérit! tu dépéris! »

Alix ne trouvait rien à répondre ; cet examen quasi médical la médusait; elle ne pouvait accuser la cuisine abondante du Donjon et quelque terreur que lui occasionnât le grand lit, elle n'y avait pas eu la moindre insomnie.

Le changement qui frappait Mme Leclerc résidait uniquement dans l'expression désolée du visage.

« Mme Leclerc, tu fais fausse route! »

C'était la maraîchère qui s'adressait cette remarque, pleine de sens. Peut-être toutefois son intervention n'avait-elle pas été aussi malencontreuse qu'elle pouvait le croire; l'inquiétude que venait d'éprouver Mme de la Pichardière éveillait en elle le premier sentiment qui dans son affection pour l'enfant ne fût pas très personnel.

Mme Leclerc admonestée par elle-même eut une inspiration de haute stratégie ; pour couper court à l'émotion qu'elle avait provoquée, elle jeta dans la conversation l'appât d'une nouvelle.

« C'est pourtant vrai, dit-elle, reliant savamment sa phrase à ce qui venait d'être dit, c'est pourtant vrai que l'air de Coucy-les-Etangs est de première qua-

lité ; mais c'est pourtant vrai aussi qu'il
ne contient pas l'Elixir de longue vie,
et voilà le père Sébastien qui se laisse
mourir. N'était pour ses paniers, on ne
le regretterait pas, il est d'un caractère si
renfermé ! En voilà un qui n'a pas la peine
de courir après ses racontars pour essayer
de les rattraper.

— Sébastien est mort » ? demanda
Mme de la Pichardière.

Alix prêta l'oreille, attentive aussi.

« Presque, répondit Mme Leclerc, qui
avait toutes les peines du monde à donner à sa physionomie épanouie une expression de circonstance.

— Cela veut dire qu'il est mourant?

— C'est bien cela, Madame ; il était
très mal ce matin, si mal qu'il ne doit
plus y être à présent, à moins qu'il ne
vous ait attendue pour s'en aller.

— M'attendre, moi?

— Eh! oui; il paraît que le vieux voulait vous parler; le diable à quatre a été
vous chercher, vous veniez de partir.

— Vous me ferez plaisir en vous rappelant que ce garçon a un nom de chré-
tien; il s'appelle Louis », dit vertement
Mme de la Pichardière.

Alix ne put qu'approuver. « Pauvre
vieux, continua la tante Hortense; il voulait peut-être me parler au sujet d'une
certaine dette, s'il n'en emporte pas
d'autres dans l'autre monde, il peut partir tranquille.

— Tout juste ma réponse, dit Mme Leclerc; il me prenait quelquefois à crédit;
il disait: « Je paierai plus tard, il ne
payait jamais. Je ne crois pas être la seule
qu'il ait exploitée, n'est-ce pas Mesdames? »

Mesdames opinèrent du bonnet, toutes
avaient fait crédit au bonhomme; mais
toutes lui remettaient sa dette de très bon
cœur.

Alix n'écoutait plus, elle pensait à
Louis, seul dans la roulotte avec le pauvre
vieux *presque mort*, et qui attendait
Mme de la Pichardière.

« Quelle drôle d'idée, se disait-elle ; si
j'étais presque morte, je n'aurais pas du
tout envie de la voir. »

Mais elle pensa qu'il voulait peut-être
la remercier, et elle fut contente d'entendre sa tante assurer aux bonnes femmes qu'aussitôt arrivée elle se rendrait à
la roulotte.

En gare de Coucy-les-Étangs, elles
aperçurent sur le quai Pétronille qui
gesticulait, ayant l'air, avec ses grands
bras qu'elle agitait comme des ailes de
moulin, de faire au mécanicien des signaux d'alarme. Ce ne fut pas certainement à ces signaux qu'il obéit ; mais la
machine stoppa, et Mme de la Pichardière
descendit précédée d'Alix, qui demanda
bien vite :

« Est-ce que Sébastien est mort?

— Ce serait vraiment un beau
malheur, » répondit Pétronille en levant
les épaules, et s'adressant à Mme de la Pichardière, qui lui disait :

« Mais parle donc, explique-toi !

— Eh bien donc, Louis fait pitié. Il
est venu vous demander de la part de
Sébastien, et par égard pour lui, pas pour
Sébastien sûrement, par égard pour
Louis, je suis venue au devant de vous.
Pour plus de célérité j'ai emprunté la
charrette du meunier. »

Fatiguée de sa journée, Mme de la
Pichardière ne fit aucune difficulté pour
monter dans le véhicule de célèbre mémoire, auquel était attelé cette fois le
quadrupède rétabli.

Alix refusa d'y monter près d'elle.

« Tu crains le ridicule, lui dit sa tante;
rentre à pied, ma petite, tu ne cours
aucun risque de te perdre; tu connais le
chemin du Donjon. »

Mais Alix en connaissait aussi un autre,
et si elle avait échappé à tante Hortense
c'est qu'elle avait plus de confiance dans
ses jambes que dans celles de l'âne; elle
savait qu'en prenant par les sentiers de
traverse elle arriverait la première à la
roulotte, et c'était à la roulotte qu'elle
courait.

Elle avait hâte de témoigner à Louis sa
sympathie.

Il était toujours lamentable l'effet de
cette roulotte que le manque de répara-
tions urgentes rendait de plus en plus
délabrée; mais combien ce soir il l'était
davantage encore.

Alentour tout était silencieux; pas de
vieux Sébastien sur les marches usées, et
c'était un abandon déjà.

Louis restait invisible. Le grand silence
ajoutait aux appréhensions d'Alix, et elle
fut presque soulagée en percevant dans la
roulotte le murmure d'une voix. Ce n'était
ni la voix de Louis, ni celle de Sébastien;
il lui sembla cependant l'avoir déjà entendue. Elle s'arrêta, hésitant maintenant à
entrer, retenue là pourtant par une sorte
de fascination. Si les mots lui arrivaient

ALIX SE DIRIGEAIT EN HÂTE VERS LA ROULOTTE

indistincts, dans les intonations de la voix basse, elle pressentait une menace qui en pareil moment était sinon injuste tout au moins cruelle. Courageuse, prête à intervenir pour défendre au besoin le pauvre vieux, elle se dissimula sous la voiture. L'émotion, la surprise, l'horreur l'y retinrent ; entre les planches disjointes du mauvais plancher, elle surprenait le plus terrible des entretiens, et son horreur s'accrut de la certitude que la voix était celle de Lina, la domestique de Mme Denin.

Ah! elle avait rejeté son masque d'hypocrite douceur, elle se montrait telle qu'elle était, d'un cynisme révoltant.

Louis devait être absent, car seul Sébastien lui répondait, et sa voix haletait; ses phrases étaient coupées par des hoquets effrayants.

Dans l'ardeur de leur discussion les deux interlocuteurs oubliaient la prudence; des expressions très nettes arrivèrent aux oreilles de l'enfant.

« Va-t'en, mais va-t'en donc, disait Sébastien. Seras-tu mon bourreau jusqu'à la fin ? Cela ne te suffit-il pas de me voir malade ?

— Le bijou, il me faut le bijou !

— Mais puisque je te dis que je l'ai vendu !

— Tu mens ! Donne-le-moi ou je t'achève ! »

Invective aussitôt rétractée, car la voix aussi acerbe, ironique maintenant, reprit :

« Tu as envie de poursuivre ton existence ? pas enviable, pourtant ! Mais ça ne m'arrangerait pas que tu nous quittes ; on est de la même famille, pas vrai, pour les mauvais coups ? Tu as vendu le bijou? C'est à savoir. Pour l'instant, il faut se presser. Je me suis débarrassée du gosse en l'envoyant chez le pharmacien, mais il va revenir, et je devrais être loin d'ici. Voilà l'affaire : les copains sont dans une mauvaise passe, traqués par les gendarmes, oh ! pour rien, pour avoir dépouillé un vieil avare de ce qu'il avait de trop et l'avoir laissé pâmé devant sa tirelire vide. Plus moyen de vivre en France, on va aller travailler à l'étranger ; mais pas avant d'avoir tenté une dernière chance. Tu peux nous aider.

— En quoi ? Tu vois dans quel état je suis.

— Eh bien ! ce sera ta dernière œuvre ; si tu succombes, tu tomberas au champ d'honneur, pour nous sauver. »

Le rire sardonique qui accompagna ces paroles glaça Alix.

Lina continuait :

« Tu ne voudrais pas que j'aie perdu mon temps à Coucy-les-Étangs, car tu n'imagines pas que ce soit pour le plaisir d'être soubrette que j'y sois venue. J'ai préparé les voies ; le Donjon est de bonne prise, Pétronille bonne enfant. Avec un peu d'astuce, j'ai su par elle où se trouvait la caisse, l'argenterie.

— Ça me répugne que ce soit chez la vieille dame ; cherche autre chose.

— Ah ! vraiment, cela te répugne ! Ne dirait-on pas que tu as des scrupules ? Ça te prend bien tard. Et puis, tu sais, si tu recules, je révèle tout : c'est le prix du marché. Choisis. »

Sans doute le choix n'était pas douteux, car elle reprit d'une voix plus basse, sifflante comme le venin d'un serpent :

« Tu es muselé, hein ? Eh bien ! écoute la consigne : les gendarmes sont à nos trousses, c'est entendu ; ils viendront à Coucy, c'est certain. Il s'agit d'opérer avant leur passage. Les copains sont disséminés dans les environs. Je vais leur donner le mot d'ordre, et quand ils seront tous avisés, tu monteras dans le donjon à minuit. Je te laisse une lanterne : feu rouge voudra dire : « Tout est calme, la gendarmerie n'est pas arrivée », et nous marcherons ; feu blanc voudra dire : « Alerte ! » et nous nous disperserons.

— Comment saurai-je le jour, ou plutôt la nuit, où je devrai allumer la lanterne ?

— Tu ne me laisses pas achever... Un raccommodeur de porcelaine passera par le village ; son boniment, qui attirera la clientèle, voudra dire que nous sommes prêts. Est-ce compris ? »

Le vieux éleva encore des objections :

« Comment entrerai-je chez la vieille dame?

— Et tes passe-partout ? Tu les as donc perdus comme tu as perdu l'habitude d'entrer chez les gens sans leur en demander la permission !

— Je ne connais pas la propriété.

— Tu es bien dans la place ; vas-y de jour pour inspecter les lieux — visite de politesse. — Tu n'auras pas la force ? continua-t-elle en réponse à une nouvelle interruption. Arrange-toi pour réussir, c'est ton affaire. Si tu nous manques de parole, tu sais le marché. »

De quel marché parlait-elle ainsi ?

L'entretien ne pouvait permettre à Alix de le présumer, mais elle devinait que l'occurrence devait être terrible puisque entre le vol et la révélation, il adhéra à ce que voulait Lina.

« Monsieur Sébastien, je suis contente de vous voir mieux ; il faut vous soigner. Je vous apporte, de la part de ma maîtresse, un cordial réconfortant. Laissez-moi vous en verser tout de suite un verre, vous ne pouvez vous y refuser. Buvez, monsieur Sébastien, buvez ce bon cordial. »

La voix était redevenue mielleuse. C'était sous le couvert de la bonté de Mme Denin qu'elle était venue chez le vieux pour comploter cet acte diabolique.

Alix eut la tentation de s'élancer sur elle et de la mordre ; elle n'en fit rien. Elle resta terrée sous la voiture, attendit que Lina se fût éloignée, et quand elle sortit de sa cachette, il y avait dans ses yeux une résolution énergique. Ce qu'il y avait en elle de courage lui faisait un devoir de déjouer ce complot infâme ; elle ne faillirait pas à son devoir.

Sa tante arrivait avec Louis qu'elle avait rencontré.

« Que fais-tu ici, petite ? » lui demanda-t-elle, surprise. Mais, sans attendre la réponse, elle entra dans la roulotte.

Louis l'y avait précédée, Alix l'y suivit.

Soit effort suprême, soit que le cordial administré par Lina lui eût donné une force factice, Sébastien s'était levé et faisait assez bonne contenance.

A la vue de Mme de la Pichardière, cependant, il se troubla.

« Vous avez à me parler, Sébastien ? »

Mais entre son appel et la venue de la propriétaire du Donjon, Lina avait passé et le vieillard était tombé sous la domination de la misérable.

Rouge, oppressé, il répondit :

« Madame est trop bonne de s'être dérangée ; oui, Madame est beaucoup trop bonne. J'ai eu, en effet, une crise pénible. J'ai cru que c'était la dernière ; mais c'est fini, je suis très bien, très bien. »

Ses yeux hagards démentaient cette affirmation, deux fois répétée, et Mme de la Pichardière devinant, sous son regard qui se baissait, une confidence qu'il se refusait à faire :

« Vous êtes mieux, Sébastien, lui dit-elle, et la crise est enrayée, mais elle peut se renouveler. Dites-moi ce qui vous tourmente ; cela vous soulagera et je pourrai peut-être y porter remède.

— Madame est trop bonne, répétait le vieux, beaucoup trop bonne. Je regrette d'avoir dérangé Madame, mais je suis mieux, et c'est moi qui irai prochainement chez Madame. »

Louis, très confus, insista :

« Grand-père, pourquoi ne pas parler tout de suite ? Mme de la Pichardière ne peut être toujours à notre disposition.

— Non, non, rien aujourd'hui ; plus tard. Madame est trop bonne pour m'en vouloir, beaucoup trop bonne. »

Jugeant toute insistance inutile, Mme de la Pichardière reprit avec Alix le chemin du Donjon.

La nuit est noire, mais Alix ne se rapproche pas de sa tante. Elle songe moins au complot qu'elle a surpris qu'à ce secret qui force Sébastien au silence.

Qui parviendra à le lui arracher ?

En se remémorant les paroles énigmatiques échappées à Lina à propos du bijou ; en les rapprochant de cette confidence que Sébastien avait été sur le point de faire à sa tante, elle avait sans peine deviné que c'était la visite de cette fille qui avait détourné le vieux de faire cette confidence.

Que savaient-ils donc tous deux ?

Le mystère dont ils s'entouraient ne concernait-il pas Louis ?

Son imagination eut vite fait de fomenter une situation dramatique, et la pensée que sa tante aurait pu en avoir l'éclaircissement l'amena à lui faire un reproche.

« Pourquoi n'avez-vous pas forcé Sébastien à parler ? dit-elle ; il le fallait !

— A quoi bon ? répondit Mme de la Pichardière ; il ne m'appartient pas de forcer sa confiance ; toute insistance, d'ailleurs, eût été inutile ; il était résolu à se taire.

— Il fallait le forcer, reprit Alix ; il avait peut-être à vous dire quelque chose de très grave concernant Louis.

— C'est possible, mais qu'y puis-je ?

— Ce que vous y pouvez ! s'écria Alix, donnant corps à ses soupçons. Mais si ce secret regarde Louis, si Sébastien voulait vous dire, par exemple, que Louis n'est pas son petit-fils ?

— Ah çà, qu'est-ce qui te prend ? par qui t'es-tu laissé monter la tête ? les affaires de ces gens-là ne me regardent qu'autant qu'ils m'initient. Louis n'est

pas malheureux avec ce vieux ; on a dit
devant toi combien il est affligé à la pensée de le perdre.

— Ce serait bien bon à lui de regretter
Sébastien qui ne l'aime pas et qui, peut-
être, le garde par égoïsme. Quand on
aime, on se sacrifie toujours ; je n'ai
jamais autant aimé ma sœur que le jour
où je suis venue chez vous à sa place. »

Le rapprochement entre les situations
n'avait pu se faire que dans l'esprit de la
fillette, mais si la nuit n'eût été aussi obs-
cure, elle eût pu voir sa tante tressaillir,
et si elle n'eût été aussi troublée, elle eût
surpris dans sa voix, ordinairement
ferme, un tremblement qui donnait à sa
réponse un double sous-entendu :

« Eh bien ! nous en reparlerons. »

Elle crut que Mme de la Pichardière faisait seulement allusion à Louis, et trouva
qu'elle en prenait bien à son aise de rentrer paisiblement chez elle, au lieu de
rebrousser chemin pour aller tirer au clair
cette ténébreuse affaire, et comme elle ne

perdait pas une occasion de l'incrimine[r]
elle la rendit responsable de ce qui pou[r]
rait arriver de désastreux si Sébasti[en]
mourait sans avoir révélé ce qu'il sava[it].

De là à sentir grandir encore son an[i]
mosité contre sa tante, il n'y avait p[as]
loin et, de plus en plus montée, de pl[us]
en plus désireuse d'échapper enfin po[ur]
jamais à une tutelle détestable, elle rés[o]
lut d'en sortir par un coup d'éclat.

Le Donjon était menacé, elle le sa[u]
verait ! Elle le sauverait seule, sans l'ai[de]
de personne, et quand tante Horten[se]
apprendrait ce qu'elle lui devait, la reco[n]
naissance la plus élémentaire lui imp[o]
serait de ne pas retenir contre son gré [sa]
nièce dans le château qu'elle avait pr[é]
servé du pillage.

Dans son exaltation, qu'elle prena[it]
pour de l'héroïsme, elle ne se disait p[as]
qu'elle endossait une responsabilité dém[e]
surée, et que la simple prudence, le simp[le]
bons sens exigeaient que le complot f[ût]
dévoilé sur l'heure.

CHAPITRE XVII

LE SECRET DU BONHOMME

QUELQUES jours s'écoulèrent sans événements marquants.

Alix ne jouait plus, ne sortait plus ; elle était aux écoutes, croyant sans cesse entendre le cri du raccommodeur de porcelaine.

Elle questionnait Pétronille, très au fait de ce qui se passait au village. Elle était allée jusqu'à descendre du grenier une potiche cassée et à persuader à Mᵐᵉ de la Pichardière qu'il fallait la faire réparer.

« De cette manière, se disait-elle, je ne manquerai pas le passage du raccommodeur. »

Un matin, la tante et la nièce achevaient de déjeuner quand Sébastien et Louis se firent annoncer.

Persuadée que le vieillard s'était ravisé et venait pour la communication qu'il avait refusé de lui faire l'autre soir, Mᵐᵉ de la Pichardière voulut faire sortir Louis et Alix ; mais non, il n'avait rien à confier, il venait la voir, la voir seulement.

A la façon dont il regardait autour de lui, on pouvait croire qu'il passait l'inspection des aîtres.

Toujours excellente, un peu confuse d'exposer aux regards de ce pauvre le bien-être de sa table, Mᵐᵉ de la Pichardière lui offrit un verre de muscat.

La main qui se tendit pour prendre le verre tremblait très fort, et la voix tremblait également, formant un souhait qui fit tressaillir Alix :

« A votre prospérité, ma bonne dame ! »

Louis refusa de goûter à la liqueur ambrée.

Sébastien ne prolongea pas sa visite.

Comme il traversait l'antichambre, au lieu de se diriger vers la porte de sortie, il enfila le corridor qui aboutissait au jardin. Mᵐᵉ de la Pichardière le remit complaisamment dans son chemin :

«Vous y voyez mal, Sébastien, lui dit-elle ; par ici, mon ami, voici la porte.

— Faites excuse, ma bonne dame, on a la vue basse ; à mon âge, c'est permis. »

Était-ce aussi parce qu'il avait la vue basse qu'il longea de si près le mur extérieur de la maison, examinant comme avec peine, mais à loisir, la construction irrégulière ?

Alix le suivait ; elle devinait le pourquoi de cette visite domiciliaire, de cette cécité voulue.

Avec quelle précision, à travers ses paupières demi-baissées, le vieux fourbe ne mesurait-il pas la hauteur du Donjon, fomentant les plans les moins impraticables pour la réussite de sa monstrueuse entreprise !

« Par bonheur, j'ai tout surpris, et je suis là ! » pensait Alix.

Il fallait cette confiance en elle-même, confiance présomptueuse peut-être, pour qu'elle ne fût pas plus émue à l'approche du drame dans lequel elle s'apprêtait à jouer un rôle.

Deux jours plus tard, le raccommodeur de porcelaine traversa le village, mais il le traversa rapidement, annonçant son retour prochain et se refusant, pour l'instant, à toute besogne.

Le soir même, les colonnes du lit magistral n'encadrèrent pas le frais visage d'une fillette endormie. La veillée des armes commençait pour Alix.

Elle lui parut longue ; elle épiait les bruits de la maison.

Le silence s'établit enfin ; d'ailleurs, à tout prix, elle devait s'exécuter.

Elle sortit de sa chambre et, à tâtons, par les corridors et par les escaliers obscurs, elle gagna les greniers, car elle avait fait son plan de défense, comme Sébastien avait fait son plan d'attaque. Pour atteindre le sommet du Donjon, Sébastien aurait à franchir une petite porte qui, du jardin, donnait dans l'intérieur de la cour et ouvrait sur un escalier qui avait cent dix marches.

A la soixantième (Alix les avait scrupuleusement comptées), une plate-forme attenait à l'un des greniers du bâtiment principal. Ce fut à la porte de ce grenier qu'Alix se posta, certaine que Sébastien ne pouvait lui échapper.

Elle tomberait sur lui à l'improviste et comptait sur la surprise de son adversaire, déjà si faible, pour lui permettre de le terrasser facilement.

La voilà en sentinelle et, avant de percevoir aucun bruit, alors qu'elle pouvait encore se bercer de l'espoir qu'un remords empêcherait Sébastien d'accomplir son forfait, elle frissonna de tous ses membres ; son front se couvrit de moiteur ; elle y porta la main : cette moiteur la glaça.

Elle écouta, et le silence l'émut plus encore que ne pourrait le faire l'approche du suspect.

Si Sébastien était armé ! Si, se voyant découvert, il allait tirer sur elle ! Elle se trouva aux prises avec un fantôme sur lequel elle n'avait pas compté ; elle avait peur, tout simplement peur, comme le plus humble des mortels ; car la peur ne se commande pas, elle vient en sourdine... inopinément ! Le courage consiste à la surmonter.

Alix pourrait s'enfuir, il en est encore temps. Elle pourrait, tout au moins, appeler au secours. Donner l'éveil serait sage !

Mais elle est de la race des braves. Elle s'est ressaisie, elle ne veut plus trembler.

Très imprudemment, elle a assumé la responsabilité de cette lutte ; elle ne reculera pas. Elle entend la porte du Donjon s'ouvrir, doucement, un pas furtif monte l'escalier. Elle compte les pas, ce qui revient à compter les marches. On se rapproche ; le pas est plus ferme qu'elle ne s'y attendait. Où donc le vieux a-t-il retrouvé cette agilité ? Cinquante-deux... trois... quatre... cinq... soixante.., L'ombre a passé. Alix ne s'est pas interposée. Par un mouvement involontaire, elle s'est, au contraire, reculée. Le saisissement l'a, un moment, pétrifiée. Un rayon de lune filtrant à travers les vitres d'une fenêtre en meurtrière est tombé sur le traître, et elle a reconnu Louis ! Louis ! C'était Louis qui venait accomplir la sinistre besogne. Elle surmonta rapidement son saisissement ; les minutes étaient précieuses. Louis allait poser le pied sur la plate-forme du donjon quand il fut arrêté par le bras, et une voix dit à son oreille :

« J'ai tout découvert ! Je sais l'infamie que vous allez commettre ! »

Il reconnut Alix. Il devint d'une pâleur livide, mais, dans le rayon de lune qui accroissait encore sa pâleur, elle vit briller le regard très droit des yeux myosotis et il murmurait :

« Oh ! comment avez-vous pu croire !

— Je ne comprends plus, balbutia-t-elle, déroutée par ce regard si pleinement en désaccord avec l'acte qu'il paraissait prêt à accomplir.

— Grand-père n'a pu résister à Lina, dit Louis en baissant la tête sous le poids de la honte qui souillait Sébastien. Incapable de venir lui-même, il m'a confié le secret. Il est vieux, malade, je n'ai pu lui dire ce que je pensais. Et puis, si je n'étais pas venu, il aurait essayé de se traîner ici ; il ne le fallait pas ! »

Tout en parlant, il sortait de la poche de sa veste la lanterne dont le feu devait avertir ou tromper Lina et ses complices.

« C'est grand-père que je vais trahir ! dit Louis, étouffant un sanglot.

— Pauvre petit diable à quatre ! »

Alix n'aurait pu trouver un terme qui convînt mieux à l'enfant des grandes routes, au paria dont personne ne s'était soucié de cultiver les qualités morales et qui, par un sentiment de noblesse native, triomphait des mauvais conseils reçus. Elle ne lui demanda pas pardon de l'avoir un instant soupçonné ; elle fit davantage : prenant en pitié la situation dans laquelle il s'était volontairement placé :

« Donnez-moi la lanterne, dit-elle ; c'est moi qui allumerai le feu blanc. De cette façon, vous ne trahirez pas tout à fait Sébastien. »

Il la laissa faire ; puis, subrepticement, comme il était venu, il disparut. Une demi-heure plus tard, dans le grand lit aux colonnes, Alix dormait profondément.

Quand elle s'éveilla, il faisait grand jour.

Une rumeur inaccoutumée lui annonça qu'il se passait au Donjon quelque chose d'anormal. A la voix de sa tante, à celle de Pétronille se mêlaient des voix d'hommes. En un clin d'œil, elle fut prête, pas assez vite, cependant, pour voir sortir du Donjon sa tante escortée de M. le Maire, de deux adjoints, du garde champêtre. A mesure qu'ils avançaient dans le village, leur groupe se grossissait de curieux et de curieuses.

« Où est ma tante ? demanda Alix à Pétronille qui, tout agitée, s'écria :

« Où serait-elle ? à la roulotte, donc ! En voilà une histoire. Lina est arrêtée comme voleuse. avec toute une bande ! Sébastien compromis, Louis aussi. Un signal qui a été vu, cette nuit, partant du Donjon, a été allumé par lui. »

Alix savait à quoi s'en tenir sur ce qui s'était passé au Donjon, et ni le sort de Sébastien, ni celui de Lina ne lui importaient. Elle était contente, au contraire, de les voir découverts, mais on accusait Louis, et elle le savait capable de supporter le poids de la peine si, à ce prix, il pouvait sauver son grand-père.

La vérité devait être connue.

Elle s'élança vers la roulotte. De loin, elle aperçut une foule compacte ; une voix lui arriva, aiguë, glapissante, celle de Lina.

Devant M. le Maire, ceint de son écharpe, de deux adjoints et du garde champêtre, l'ex-soubrette, garrottée, maintenue par des gendarmes, était confrontée avec Sébastien qui, étendu sur un banc, paraissait inanimé. Son esprit, cependant, était présent ; ses paupières battaient sous les insultes que vomissait cette femme — sa fille — car la misérable était sa fille, cette Flore dont Louis avait conservé un si mauvais souvenir. La stupéfaction qui retint Alix en arrêt n'était pas comparable à celle du pauvre garçon qui, debout près de Sébastien, s'efforçait de s'interposer entre lui et cette fille dénaturée, mais il ne pouvait empêcher les paroles de Flore d'arriver au vieillard ; elle ne se défendait qu'en l'insultant.

« Eh bien ! oui, je suis inculpée dans leurs crimes. Est-ce nouveau pour toi que nous sommes une bande d'apaches ? Est-ce que je ne te tenais pas au courant, soit verbalement, soit par lettres, de nos faits et gestes ? N'acceptais-tu pas ta part de prix, à l'occasion ? A quoi bon nier ? Les copains m'ont dénoncée, Julot le premier. Il le paiera cher ; moi aussi, mais je veux avoir la satisfaction de t'entraîner dans ma perte et de révéler que Louis... »

Elle n'eut pas le temps d'achever. Sur un ordre du Maire, on l'entraîna de force ; sa cause était jugée.

Le Maire interrogea Louis.

Entre les deux accusés, le contraste était si notoire que le Maire, quoique peu prévenu en faveur d'un gamin connu à Coucy-les-Etangs pour ses tours peu

dables, ne put le croire coupable d'une vilenie, et, changeant la forme de son réquisitoire :

« On a cru te voir, cette nuit, entrer au Donjon, lui dit-il ; c'est une erreur, n'est-ce pas ? Ce n'est pas toi qui es monté dans la tour ? »

La réponse fut catégorique :

« J'y suis monté, monsieur le Maire !

— Et tu portais une lanterne dont le feu blanc a été vu dans le pays ?

— Je portais la lanterne.

— C'est l'aveu que tu es affilié à une bande dont les chefs ont été arrêtés hier. »

Louis ne put réprimer un mouvement de joie. Ainsi, ce n'était pas lui qui, par ce signal trompeur, avait vendu son grand-père ; des perfidies préalables avaient mis sur les traces des misérables.

« On t'accuse à tort, n'est-ce pas ? reprit le Maire, toujours bienveillant, tu n'as aucun rapport avec ces apaches ? »

Un gémissement de Sébastien rappela Louis à la situation. Lina, dont il s'était méfié d'instinct, car elle avait eu l'art de se grimer si bien qu'il n'avait pas reconnu en elle cette Flore, perdue de vue depuis longtemps, et qui avait été la terreur de son enfance. Lina était sa tante, et ce vieillard lui tenait par les liens les plus sacrés. Renier Lina, il l'eût fait volontiers — il est des parentés qui déshonorent — mais de Sébastien, il eut compassion, et la sueur lui perlait au front quand il répondit, d'une voix destinée à frapper les oreilles du vieux qui se mourait :

« Je suis le petit-fils de Sébastien.

« Mais il n'a donné aucun signal ; ce n'est pas lui, c'est moi qui ai allumé la lanterne. »

Alix n'y tient plus ; elle s'est avancée, forte de sa conscience, ne comprenant pas que, pour quiconque ignorant les détails du complot, ce signal était une accusation.

« Toi ! »

Tante Hortense, qui s'était dissimulée dans la foule, s'avançait au premier rang.

Alix se tourna vers elle et, malgré le critique de la situation, ne put s'empêcher de rire de son air comiquement effaré.

« Eh bien ! oui, tante Hortense, dit-elle très haut, moi, votre nièce Alix. Mais rassurez-vous, si j'ai beaucoup de défauts, je ne suis pas apache, au contraire ! »

Et fièrement, pour sa tante, pour M. le Maire, pour la foule amassée, elle fit le récit exact de ce qui s'était passé depuis le moment où, cachée sous la roulotte, elle avait entendu le complot que tramaient Lina et Sébastien.

Quand elle eut achevé, M. le Maire se moucha bruyamment, sans aucun protocole.

Puis, dignement, il tendit la main à Mme de la Pichardière en la félicitant d'avoir une telle nièce, et, se tournant vers Louis :

« On t'a accusé à tort, lui dit-il, je te dois une réparation ; que désires-tu ?

— Oui, oui, une réparation », crièrent les assistants.

Et on eût pu reconnaître la voix larmoyante de Pétronille, car Pétronille noyait dans des larmes d'attendrissement ses anciennes rancunes contre le diable à quatre.

« Que désires-tu ? répéta le Maire.

— Sa grâce », répondit Louis, en désignant Sébastien.

Le vieillard était moribond. Le Maire jugea qu'on pouvait, tout en le gardant à vue, accorder la paix à ses derniers moments.

La foule s'écoula lentement ; il ne resta bientôt plus dans la roulotte, avec Sébastien et Louis, que Mme de la Pichardière et Alix. Toutes deux avaient deviné aux paroles de Lina que le vieillard connaissait un secret concernant Louis. Un jour déjà, l'aveu avait été arrêté sur ses lèvres. L'heure pressait et ne se retrouverait peut-être plus.

« Sébastien, dit Mme de la Pichardière en se penchant vers le mourant, vous m'avez grandement offensée ; vous êtes à ma merci. Si vous voulez que je vous pardonne, il faut me dire pourquoi vous m'aviez fait appeler l'autre semaine. »

L'angoisse s'accentua sur les traits du vieillard ; son regard, empreint d'une indicible épouvante, s'était tourné vers Louis. Pressentant que Sébastien parlerait plus facilement hors de sa présence, elle l'aida à rentrer dans la roulotte, fit signe à Louis et à Alix de ne pas les suivre et, seule avec lui, reçut le terrible aveu.

Il y avait maintenant dix ans, l'enfant en avait trois à peine ; la troupe — il disait la *troupe*, par un reste de gloriole — se trouvait à Smyrne lors d'un massacre de chrétiens.

La troupe s'était mise du côté des pillards et, dans son butin, avait eu l'enfant d'un colon français établi dans le pays et qui avait été massacré, ainsi que sa femme.

Cet enfant n'en était pas la moins belle part, car on se réservait de rechercher sa famille et de le rendre contre argent sonnant. Mais ce marché honteux n'était pas sans péril ; de grandes précautions étaient à prendre pour éviter de tomber entre les mains de la police.

On remettait toujours, et comme, en grandissant, l'enfant, intelligent et dégourdi, rendit des services pour les parades, on le garda.

Sébastien avait mis bien du temps à faire sa lugubre confidence. Il l'acheva dans une convulsion qui fit craindre à Mme de la Pichardière de le voir mourir avant qu'elle ait pu obtenir quelques indices pouvant aider à retrouver la famille de l'enfant.

Modérant son indignation, elle demanda :

« Ne possédez-vous aucun papier justifiant ce que vous venez de me dire ?

— Des papiers, non, mais une boucle d'oreille arrachée à la mère ; vous la trouverez dans le bas de l'armoire, dans une cachette entre les planches. Je n'ai jamais voulu la vendre, c'est la seule preuve de son identité.

— Et c'est la preuve aussi d'un remords qui devait, un jour, vous amener à tout avouer. Dieu vous en tiendra compte. »

Elle sortit pour appeler Louis ; elle le trouva agenouillé sur les marches, sanglotant. Il avait tout entendu.

Alix était près de lui, émue, mais si joyeuse qu'il ne fût pas le petit-fils de Sébastien, qu'elle se taisait pour ne pas troubler l'affection qu'il conservait pour l'homme qui, pendant tant d'années lui avait tenu lieu de famille. Ils n'étaient pas seuls tous les deux. La petiote avait suivi la foule à la roulotte et avait assisté à toute la scène sans la comprendre. Voyant le chagrin de Louis, l'attribuant à la maladie de son grand-père, elle s'était rapprochée et, enlaçant de ses bras câlins le petit diable à quatre qui avait toujours été bon pour elle :

« Ne pleure pas, lui dit-elle, si tu perds ton bon papa, le bon Dieu t'en donnera un autre, très bon. »

Tante Hortense avait-elle eu raison quand elle avait dit que Christine parlerait le jour où elle aurait quelque chose de sensé à dire ? A cette réflexion de la

*DEVANT TANTE HORTENSE, LE MAIRE
ET LA FOULE ASSEMBLÉE,
ALIX FIT LE RÉCIT DES ÉVÉNEMENTS*

démarches pour lesquelles elle se sentait incompétente.

Mme de la Pichardière ne venait-elle pas de montrer autant de grandeur d'âme que de bon sens ?

petiote, elle regarda Alix qui, de son côté, la regarda. Ensemble, elles songent à un autre grand-père qui, depuis des années, pleure son petit-fils.

Mme de la Pichardière met un doigt sur ses lèvres. Alix comprend qu'il serait imprudent de faire luire aux yeux de Louis un espoir peut-être illusoire, et pour la première fois d'accord avec sa tante, elle lui abandonne le soin des

Elle remet à plus tard l'explication provocatrice qui l'amènerait à obtenir de tante Hortense son renvoi qu'elle pense pouvoir exiger.

« Rentre au Donjon, lui dit sa tante, emmène la petiote ; je reste avec Louis que je ne puis abandonner. Dis à Pétronille d'aller au presbytère prier M. le curé de venir à la roulotte. Après l'aveu qu'il vient de faire, je ne pense pas que Sébastien refuse de voir un prêtre. »

Mme de la Pichardière ne rentra au Donjon que le soir ; elle amenait le petit garçon qu'elle prenait sous sa protection. Sébastien était mort ; ouvrier de la dernière heure, il avait accepté de recevoir les derniers sacrements et avait donné les signes d'un vrai repentir.

CHAPITRE XVIII

PRISONNIERE SUR PAROLE

« Est-ce que Madame est malade ? »

Pétronille a passé à la porte de la salle sa tête ornée d'un bonnet de nuit. De sa chambre qui, par une aile en retour, fait face au Donjon, elle a aperçu de la lumière, ce qui, à cette heure insolite pour Mme de la Pichardière — onze heures — lui fait craindre un événement.

« Est-il donc si tard ? »

Mme de la Pichardière, qui n'est pas malade, mais s'est attardée à son bureau, interroge, par une habitude jamais découragée, l'horloge immuable.

« C'est stupide — elle se parlait à elle-même, mais semblait s'adresser aux bergers de la pastorale, — c'est stupide de voir cette bergère attendre sous l'orme l'air de musette qui lui donnera le branle ; il faut absolûment que je fasse venir l'horloger. »

Pétronille, rassurée sur la santé de sa maîtresse, s'en retourna se coucher. Mme de la Pichardière se remit à écrire.

Le récit de Sébastien coordonnant avec celui que le vieux grand-père lui avait fait de l'enfant disparu à Smyrne, elle avait résolu d'écrire au colonel Coulmiers pour lui soumettre sa pensée au sujet de Louis ; elle lui enverrait en même temps le bijou qu'elle avait trouvé dans la cachette indiquée, bijou de forme ancienne, qui pouvait être reconnu par la famille, et que le colonel se chargerait de transmettre au capitaine Laforest avant qu'on en parlât au vieux grand-père. Pour rédiger le récit de Sébastien, elle s'était retirée, ce soir, dans la salle et, la note terminée, elle sortit le bijou du tiroir à secret où elle l'avait enfermé avec sa correspondance, c'est-à-dire ce qu'elle avait de plus précieux. Elle l'empaqueta avec soin et aurait sans doute refermé le tiroir si un parfum de roses séchées ne lui eût causé une émotion toute personnelle. Sous l'empire de cette émotion, par un geste presque involontaire, elle chercha parmi les lettres qui emplissaient le tiroir la fleur qui servait de cachet.

Elle la trouva dans une enveloppe sur laquelle une écriture d'enfant avait, en gros caractères, tracé ces mots : « A ma tante, pour sa fête. »

Pas de signature, mais elle se rappela le père d'Alix, tout petit, lui offrant une superbe rose rouge ; la rose avait perdu de son éclat, mais son arome vieilli avait parfumé d'autres lettres. Elles les relut : c'était sa correspondance avec son neveu et, lues à tant d'années de distance, ces lettres, qui avaient éveillé chez elle une telle animosité, lui causaient une impression différente.

Le style était bref, affirmant une volonté inébranlable, mais le ton était respectueux ; ce neveu, qui refusait ses bienfaits, lui restait néanmoins fidèlement attaché. C'était pour son désintéressement qu'elle l'avait aimé, bien qu'elle en ait pu dire et penser ; mais qu'est-ce donc qui l'avait empêchée de tout concilier ? Quel égoïsme avait été le sien de ne pas s'incliner devant tant de raisons valables, et quel orgueil ensuite de ne pas revenir sur une parole dite dans un moment d'emportement !

« Je ne suis bonne à rien, se disait-elle ; Alix me donne l'exemple du sacrifice. »

Prompte à l'exagération, elle ne faisait la part ni de son caractère exclusif, ni des souffrances qui en étaient résulté, ni de ses charités nombreuses, ni des déceptions subies. Elle se jugeait sans miséricorde, durement ; elle était implacable pour elle-même.

La lampe s'éteignit. Minuit sonnèrent à l'église ; elle murmura :

« Tiens, pour une fois, mon horloge me donne l'heure ; mais s'est-elle arrêtée à midi, heure de la lumière, ou à minuit, l'heure des ténèbres ? Elle regagna sa chambre ; mais elle ne dormit pas ; un sacrifice à accomplir la hantait. Les jours qui suivirent sa correspondance fut des plus actives. Les démarches cependant touchaient à leur fin. Le capitaine Laforest avait reconnu la boucle d'oreilles comme ayant appartenu à l'une de ses aïeules, et que la jeune femme du colon avait reçue en présent dans sa corbeille de noces.

« Avec de tels indices, écrivit le colonel à Mme de la Pichardière, nous n'avons plus un doute; il nous reste la tâche bien douce de réunir le grand-père et le petit-fils. Nous avons pensé que vous seriez heureuse que cette réunion ait lieu chez vous, et cette lettre nous précèdera de très peu d'heures. Nous vous arriverons nombreux, car ma femme et mon fils désirent comme moi vous connaître, Louis, et accompagner au Donjon M. Laforest et la petite Jeanne. »

Mme de la Pichardière qui avait mené son enquête avec une discrétion qu'Alix avait trouvée exagérée, eut à peine parcouru cette lettre qu'elle en clama le contenu.

« Louis! Alix! Pétronille! venez vite écouter la nouvelle; le colonel Coulmiers, sa femme, son fils vont arriver, et non pas seuls. Louis, mon cher enfant, ils arrivent avec ton grand-père, avec ta sœur; tu as une famille, une vraie famille, honorable, estimable! Pétronille, il va falloir que tu te distingues, et que tu apprêtes un déjeuner soigné; le colonel me dit que sa lettre le précédera de peu, et nous serons nombreux, très nombreux. »

Louis, Alix, Pétronille répondirent, mais non pas, à la façon des échos, en en répercutant triomphalement la nouvelle.

Louis, tout pâle, balbutia:

« Moi, une famille, est-ce possible? »

Pétronille, selon son habitude, levait les bras au ciel et s'écriait :

« Un colonel chez nous! et pour une fête de famille! et beaucoup de monde nous arrivant! Il faudra au moins tordre le cou à trois poulets, à deux canards! J'ai une réserve de truffes! »

Alix plus pâle que Louis semblait figée sur place.

« Eh ! quoi, lui dit sa tante, tu as l'air surpris. La nouvelle que M. Laforest est le grand-père de Louis ne te prend cependant pas au dépourvu. Dis-lui donc que tu connais son grand-père, sa gentille petite sœur, et puis aidez-moi tous deux à mettre le couvert, ils arrivent pour déjeuner, à midi. »

Louis avait peine à croire qu'il ne rêvait pas.

« A midi, répéta Alix d'un ton navré »,

comme si cette heure fatidique dût pour elle sonner un glas.

« Le couvert, le couvert, disait Mme de la Pichardière, qui n'avait pas de temps à perdre, je vais atteindre mon linge damassé, le plus beau, celui qui a servi le jour de mon mariage. L'argenterie ne manque pas, grâce aux braves gendarmes qui ont arrêté les apaches. Louis, cours demander à Pétronille où sont les allonges de la table. Alix, sors du buffet les verres et le beau service qui ne sert que... »

Louis se montrait prêt à seconder Mme de la Pichardière; mais Alix avait fui. De la lettre qui apportait à Louis une joie qu'elle avait tant souhaitée, elle n'avait retenu qu'une chose : son tuteur allait arriver. Ignorant qu'il avait été mis au courant de son subterfuge, elle était atterrée à la pensée du coup de théâtre qui se produirait s'il la trouvait à Coucy-les-Étangs.

Mais sa colère l'effrayait moins que la punition qu'il lui imposerait, et qui retomberait sur la pauvre Gabrielle, nul doute que le tuteur indigné, n'écoutant pas les supplications d'Alix, ne l'envoyât en pension, à la place de sa sœur.

Elle ne put l'admettre, et n'entrevit qu'une solution : disparaître !

Elle ne pèse pas ce qu'il y a d'enfantin dans sa résolution; qu'elle fût ou non au Donjon quand son tuteur y viendrait, il apprendrait par tante Hortense à laquelle de ses nièces elle donnait l'hospitalité. Elle s'échappe, court au hasard. Où se cacher? Dans la roulotte? elle y serait en sûreté; on ne songerait certes pas à l'y chercher ; mais elle frissonne à la seule pensée de rentrer dans cette voiture qui a été témoin de tant de scènes cruelles.

Restaient les oies.

Se mettre sous leur protection était un peu humiliant; mais où mieux? Elle se rend chez elles; elle les trouve dans leur jardin; son premier mot est pour leur crier:

« Sauvez-moi ! »

Elle les implore; elles n'y comprennent rien; mais Henriette qui a ses heures d'audace répond:

« On a promis de vous sauver, on vous sauvera ; que faut-il faire?

— Il faut me cacher ! Vous veillerez, et si vous voyez entrer dans le parc quelqu'un, du Donjon ou un Monsieur que vous ne connaissez pas (le signalement n'était guère précis) vous m'avertirez, et vous protégerez ma retraite. Est-ce compris ? »

C'était compris. Seule la petiote n'a pris en aucune considération le désir d'Alix, et au lieu de se joindre à ses sœurs, elle profite de l'émoi général pour se faufiler sur la route.

Une charmille dissimule suffisamment Alix; elle peut voir sans être vue. Les oies guettent.

« Vous êtes certaines que personne n'entre? » demandait-elle sans cesse.

Les petites secouaient négativement la tête, ne se donnant même pas la peine de répondre. Etait-ce cette pantomime, était-ce l'attente qui énervait Alix? Elle s'impatienta:

« N'en finirez-vous pas avec votre tic, leur dit-elle, en imitant leur mouvement de tête négatif; ne pouvez-vous répondre autrement ? »

Elle n'y gagna qu'une chose; ses questions de plus en plus fréquentes, de plus en plus irritées, se heurtaient à des *Non Non Non Non Non Non*, six fois formulés.

« Vous êtes exaspérantes, leur dit-elle, on trouve quelque chose à dire; voyez-vous quelqu'un? »

Pleine de bonne volonté, Esther répondit : « Oui ».

« Où cela ? demanda avidement Alix, cherchant à voir.

— Il est passé; c'était sur la route, le pâtre de la ferme des *Trois-Ponts*, qui rentre ses vaches.

— Vous moquez-vous de moi, vous n'avez donc pas compris ce que je vous demande! »

Elles étaient bien incapables de se moquer ni d'elle, ni de personne, ce pâtre, c'était quelqu'un; son passage autorisait une variante dans la réponse; mais elles jetèrent un cri ; cette fois, c'est du nouveau.

Elles battent l'air de leurs bras, puis d'un magnifique mouvement d'ensemble, elles vont se ranger devant la grille, leurs bras s'abaissent, et elles saisissent le bas de leurs petites jupes et l'écartent en éventail, pour former barrière.

Le moment est critique.

Alix risque un œil, et que voit-elle? La petiote, qui de son bras tendu, désigne sa retraite à Gabrielle et à Roger.

Que Roger fût à Coucy-les-Etangs, elle le savait, qu'il se fût mis à sa recherche, c'était à prévoir; mais Gabrielle! Gabrielle

au Donjon ! amenée par le tuteur qui sans doute avait tout appris et la laisserait à tante Hortense à la place d'Alix qu'il conduirait en pension ! Elle sent très bien qu'elle mérite une punition, elle est prête à la subir ; mais au moins qu'elle la subisse seule ! que Gabrielle n'en soit pas victime!

Dans son trouble, un sacrifice lui est suggéré par son cœur comme une réparation capable d'adoucir la colère très légitime du colonel. Ce sacrifice, si pénible soit-il, elle est décidée à l'accomplir. Elle en accepte les conséquences, et sans plus songer à se cacher, au grand ébahissement des oies, elle saute hors de la charmille, rompt la ligne de défense et s'élance vers Gabrielle que la petiote tient par la main... la petiote qu'on ne peut accuser de traîtrise, et qui s'est trouvée à point, oh! bien innocemment! sur le chemin de Robert et de Gabrielle pour les amener à Alix.

Gabrielle pousse un cri de joie.

« Alix! ma chère petite Alix, toi enfin! »

Alix la serre dans ses bras, et se tournant vers Roger:

« Conduisez-moi à votre père, lui dit-elle d'un ton contrit.

— Ah! je savais bien que vous arriveriez à vous repentir! »

La voix de Roger est joyeuse, émue, à l'unisson de ce qui se passe au Donjon, où Alix entre la première, reçue par des exclamations unanimes :

« La voilà ! »

Elle manquait évidemment.

Elle n'avait pas été là pour voir les premières effusions de bon grand-père, de Louis, de Jeanne, qui cent fois a redit à l'oreille de son frère ce nom de Paul qui est le sien.

Ces effusions se renouvellent d'ailleurs.

Jeanne a couru au devant d'Alix; elle veut l'amener à son grand-père et à Paul dont les yeux, tout pareils, les yeux myosotis semblent l'appeler.

Tante Hortense lui demande :

« Où étais-tu donc? »

Mme Coulmiers lui tend les bras.

Mais elle ne voit que son tuteur; c'est vers lui qu'elle se dirige; elle s'agenouille. Il pense qu'elle veut implorer son pardon, et il lui dit:

« Relevez-vous, Alix, je sais tout depuis longtemps, et vous êtes pardonnée. »

Mais elle reste prosternée, dans une attitude, non plus seulement d'une coupable, mais d'une suppliante, et avec un effort visible, car la réparation qu'elle s'est imposée lui coûte beaucoup :

« Mon tuteur, dit-elle, puisque vous savez tout et que vous me pardonnez, je devrais être heureuse, et cependant votre pardon ne me suffit pas; j'ai à vous demander une grâce. Je vous en conjure, ne faites pas retomber ma faute sur ma petite sœur; qu'elle retourne en pension, et laissez-moi chez tante Hortense; ce sera ma pénitence, je l'implore à genoux, et je vous donne ma parole d'honneur de ne plus jamais chercher à me faire chasser du Donjon. »

Il ne lui dit pas que son intention en amenant Gabrielle a été uniquement de ne pas tenir la petite pensionnaire éloignée d'une aussi bonne réunion, et il répondit en la relevant :

« Eh bien! soit, si votre tante y consent. ».

Tante Hortense a entendu; tante Hortense ne répond pas; tante Hortense qui aurait lieu d'être mécontente regarde Alix avec une émotion que le colonel peut prendre pour un assentiment,

CHAPITRE XIX

LA ROSERAIE DE TANTE HORTENSE

Le déjeuner se ressentit des émotions qu'on venait d'éprouver. Mme de la Pichardière particulièrement, et en dehors de ses habitudes, était taciturne.

Et quand au dessert elle dit au colonel :

« Je voudrais vous dire deux mots au sujet d'Alix », on pressentit que ces deux mots tireraient à conséquence.

« Vous n'êtes pas de trop, ajouta-t-elle en s'adressant à Mme Coulmiers, à M. Laforest, à tous les enfants; ce que j'ai à dire ne saurait avoir trop de témoins. »

Mais après ce prologue plutôt sensationnel, elle se tut.

Le colonel, par déférence, n'osait rompre le silence qui pesait lourdement sur le cœur d'Alix. Pauvre petite Alix, la satisfaction du devoir accompli n'a pu lui faire oublier ce qui va suivre, elle a engagé sa parole; elle est à jamais prisonnière de tante Hortense, et le cadran la nargue et lui dit : « Ici les heures s'arrêtent ». La chaise à porteur lui parle des voyageuses entrées au Donjon pour n'en jamais sortir, et la roue immobile du petit rouet semble l'image de la Fortune, lassée de faire tourner sa roue en faveur du toit à pignon.

Elle ne s'aperçoit pas que deux grosses larmes coulent le long de ses joues.

« Alix, vous pleurez, qu'avez-vous? »

Roger l'interroge.

Tante Hortense sort de sa torpeur, fait un effort sur elle-même, et appelle Alix.

Alix ne répond pas; elle tourne seulement vers sa tante son visage décomposé.

Le colonel répond à sa place :

« Ce qu'elle a? la réaction inévitable après une tension d'esprit trop grande ; aucun de nous ne peut lui en faire un reproche, mais son énergie va dominer, et vous garderez, Madame, une petite fille bien décidée à vous rendre en tendresse la bonté que vous avez pour elle.

— Je ne suis pas bonne pour elle. »

Tante Hortense a laissé tomber ces mots dans un murmure.

Tous la regardent. Elle détourne les yeux.

Elle répète :

« Je ne suis pas bonne pour elle. »

Le silence qui suivit fut autrement embarrassant que celui qui avait précédé cet étrange aveu ; le colonel se rappelant qu'on lui avait parlé du caractère original de Mme de la Pichardière, se demandait si elle ne leur réservait pas une de ses originalités.

Roger s'épouvantait à l'idée de lui laisser Alix.

Quant à Alix, comme elle n'en était pas à une surprise près avec tante Hortense, elle se contenta de trouver sa réflexion très juste, et fut bien aise de la voir reconnaître ses torts; mais comme c'était une petite fille loyale, elle fut touchée de cette confession faite à haute voix, sans détour.

Tante Hortense avait quelquefois du bon.

Oui, tante Hortense avait quelquefois du bon, cela lui arrivait même souvent, et cependant de tous les actes de sa vie, celui qu'elle allait accomplir fut peut-être celui qui lui coûta le plus.

Il résultait de réflexions antérieures.

Eh! quoi, il avait fallu Mme Leclerc pour lui faire remarquer que l'enfant était plus pâle qu'à son arrivée.

Au point de vue matériel, Alix n'avait certes pas eu à souffrir ; mais s'était-elle préoccupée de ce qui pouvait spécialement lui convenir?

« Je ne suis bonne à rien, je ne suis bonne à rien », voilà ce qu'elle s'était sans cesse répété depuis sa veillée en regard de ses souvenirs; voilà ce qu'elle se redisait dans le silence de la salle. Mais ce moment d'accablement fut de courte durée, et courageusement elle parla, exposant tout haut ce qu'elle avait pensé tout bas, se montrant telle qu'elle se voyait elle-même après un scrupuleux examen de conscience, et, terminant par la plus imprévue des décisions, elle conclut:

« Je suis incapable d'élever une enfant, incapable de la rendre heureuse, je me désiste donc de la tutelle d'Alix, qu'elle accompagne sa sœur en pension, et qu'elle oublie le passage dans sa vie de la tante baroque, égoïste, qui n'a pas compris qu'un héritage ne peut combler le vide du cœur. »

La barrière qu'Alix avait élevée entre elle et tante Hortense tomba soudain, et elle répondit humblement:

« Mais, tante Hortense, c'est trop tard, je suis prisonnière sur parole. J'ai promis à mon tuteur de ne plus vous quitter, et de ne jamais m'en plaindre.

— Je me porte garant de sa parole, dit le colonel, et ajouta-t-il en souriant, malgré ce que vous venez de nous dire, je la laisse en pleine confiance à une tante qui reconnaissant des torts qu'elle exagère saura rendre la vie bien douce à sa petite pupille. »

La tante branla la tête :

« Mais moi je me connais, je sais que je retomberai dans mes manies, dans mon insouciance, que mon égoïsme persistera, au moins dans les détails et puis... »

Elle s'arrêta un moment avant d'achever:

« Et puis, Alix m'a appris qu'on n'aime jamais mieux qu'en se sacrifiant; me séparer d'elle est ma manière de lui prouver mon affection. Je l'aime, et je la rends à sa sœur. »

Un élan, qui jaillit de la joie entrevue, mais dans lequel entrait aussi une grande reconnaissance, poussa Alix vers sa tante, et timidement:

« Est-ce que vous me renvoyez pour toujours ? demanda-t-elle ; est-ce que vous ne me permettrez pas de venir vous voir avec Gabrielle? »

La vieille dame eut un amer sourire, et regardant autour d'elle les témoins rococo de sa vie solitaire :

« Revenir au Donjon? Oh ! bien volontiers. Pour essayer de vous y retenir je ferai remonter la pendule; j'escamoterai les vieilleries ; moi seule resterai la même, plus parcheminée chaque jour. »

Et soudain ce cadre antique prend aux yeux d'Alix un aspect nouveau.

Elle regarde avec attendrissement les vieilleries qui tout à l'heure lui étaient à charge; la crainte de ne jamais les revoir les lui a rendues presque chères, et plus timidement encore:

« Oh! tante, il ne faut rien changer; et

d'ailleurs, aux vacances, si nous ne venions pas chez vous, où irions-nous? nous n'avons pas de maison. »

Alors la tante ne se contient plus.

Elle comprend qu'en brisant les chaînes elle vient d'emprisonner le cœur, ses bras se font maternels pour enlacer les orphelines, et, sans lui dire encore qu'elle l'aimait, mais le lui faisant pressentir, Alix lui donna son premier baiser.

Par bonheur la terrible Jeanne ne se laissait pas gagner par l'émotion générale, sa joie d'avoir un frère ne lui enlevait pas la vivacité de ses saillies, et elle s'écria en battant des mains:

« Tout de même Alix, sans ton coup de tête, hein ! »

Alix baissa la tête, rougissante, mais personne ne se souvenait de son *coup de tête* et Roger se fit le porte-voix de tous quand il répondit :

Si vous disiez plutôt : « *le coup du cœur.* »

Le colonel, Mme Coulmiers et Roger demeurèrent peu de jours au Donjon.

M. Laforest et ses petits-enfants, à leur tour regagnèrent Paris. Mme de la Pichardière et ses nièces les accompagnèrent. Tante Hortense, sa décision prise, l'exécutait sans retard, et conduisait en pension Alix et Gabrielle.

Mais combien fut triste son retour au Donjon!

Et comme elle était lasse moralement quand elle se retrouva dans la salle sombre.

« Vous ne l'avez pas ramenée? »

Pétronille est sur le seuil de la porte.

Elle a été bien forcée de croire au départ d'Alix, puisqu'elle l'a vue partir; mais elle n'avait pas cru sa maîtresse capable de revenir sans l'enfant.

Mme de la Pichardière lève les épaules :

« Vieille folle, m'as-tu vue quelquefois revenir sur un acte raisonnable ? »

Comme elle n'est pas disposée à lier conversation, Pétronille se retire en grognant :

« Ça va manquer dans la maison. »

C'est maintenant le jardinier qui apparaît à la fenêtre de la salle.

« Madame, je demande pardon à Madame de la déranger; mais il faut m'excuser, c'est rapport aux roses ; il y a le sixième rosier **de la quatrième** rangée, du dixième carré qui...

— Vous dites, Jean, le sixième rosier de

la quatrième rangée, du dixième carré ;
qu'a-t-il ce rosier ? »

Mme de la Pichardière, qui vient d'invectiver Pétronille, se lève vivement.

« Je vous rejoins, Jean. »

Elle a secoué sa lassitude ; il a suffi de lui parler de ses roses pour lui faire entrevoir tous les printemps à venir.

La floraison devra être abondante ; elle y apportera tous ses soins. Elle croit voir sa roseraie envahie par une bande d'enfants, dont Alix et Gabrielle seront les reines. Il faudra qu'elles puissent cueillir des roses à foison.

Paul sera là ! Jeanne aussi.

Pour que la réunion soit complète on invitera la petiote ; les oies aussi par-dessus le marché.

Roger se mêlera à la bande ; il laissera la salle aux gens sérieux, tante Hortense, le colonel, Mme Coulmiers, le bon grand-père.

Elle envisage l'avenir avec confiance, l'avenir où l'horloge que, pour complaire à Alix, on ne réparera pas, et qui marquera l'heure de la joie, de la pleine lumière : midi.

C'est midi décidément.

TABLE DES MATIERES

Imprimerie du Palais, 20, rue Geoffroy-l'Asnier, Paris.

BIBLIOTHÈQUE VERTE

About (E.) : *Le Roi des Montagnes.*

Agraives (J. d') : *Le Maître du Simoun.*
— *La Cité des Sables.*

Armagnac (Mlle d') : *Un Drame à la Cour d'Orthez.*

Assollant (A.) : *Pendragon.*

Balzac : *Eugénie Grandet.*

Claretie (J.) : *Récits héroïques.*

Conan Doyle : *La Bande mouchetée.*

Crévelier (J.) : *Le Mouchoir du Capitaine Villeneuve.*
— *Les Trois Fiancées de Nicolas.*

Daudet (A.) : *Contes choisis.*

Des Gachons (J.) : *L'Ile au poison.*

Dumas (A.) : *Le Capitaine Pamphile.*

Erckmann-Chatrian : *Contes choisis.*
— *Madame Thérèse.*
— *L'Ami Fritz.*

Girardin (J.) : *La Disparition du Grand Krause.*
— *Nous autres.*

Labiche (E.) : *La Cagnotte.* — *La Grammaire.* — *L'Affaire de la rue de Lourcine.*

Laurie (A.) : *Le Capitaine Trafalgar.*

Lorédan-Larchey : *Les Cahiers du Capitaine Coignet.*

Maël (P.) : *Le Trésor de Madeleine.*
— *La Marmotte.*
— *Un Mousse de Surcouf.*

Mayne-Reid : *Les Robinsons de Terre ferme.*

Mérimée (P.) : *Les faux Démétrius.*

Nahuque (J. de) : *Sur la terre d'Afrique.*

Pastre (G.) : *La Ville aérienne.*

Scott (Walter) : *Ivanhoé.*

Sevestre (N.) : *Boule de Neige.*

Stahl (P.-J.) : *Histoire d'un Ane et de deux Jeunes Filles.*
— *Les quatre Filles du Dr Marsch.*
— *Maroussia.*

Stevenson : *L'Ile au Trésor.*

Thébault : *Les Robinsons de la Somme.*

Toudouze (G.) : *Reine en Sabots.*
— *Le Mystère de la Chauve-Souris.*
— *La Sorcière du Vésuve.*

Verne (J.) : *Un Drame en Livonie.*
— *Voyage au Centre de la Terre.*
— *La Chasse au Météore.*
— *Le Chancellor.* — *Martin Paz.*

Vincent (Paul) : *Les Suites d'un Pari.*

Webster (J.) · *Papa Faucheux.*

Wiggin (K.-D.) : *Les Locataires de la Maison jaune.*

BIBLIOTHÈQUE DE LA JEUNESSE

Achaume (A.) et **Dubois** (M.) : *Jean-Paul Choppart.*

Agraives (Jean d') : *Le Petit Robinson.*

Allorge : *Ciel contre Terre.*

Assollant (A.) : *Montluc-le-Rouge.*

Bombonnel : *Bombonnel, le Tueur de Panthères.*

Borius (Julie) : *La Petite Cosaque.*
— *L'Héritier du cousin Baldinven.*

Cahun : *La Bannière bleue.*
— *Aventures du Capitaine Magon.*

Chabrier-Rieder (Mme) : *Fils de Veuve.*

Chatellus (A. de) : *La Sœur de Gribouille.*

Chéron de la Bruyère : *Nora.*

Cim (A.) : *Amis d'enfance.*

Colomb (Mme) : *Jean l'Innocent.*

Fleuriot (Z.) : *Grandcœur.*
-- *Le clan des têtes chaudes.*
— *Monsieur Nostradamus.*

Genestoux (Magdeleine du) : *Jean-Louis-le-Têtu*
— *Le Trésor de M. Toupie.*
— *Les Millions de Philippe.*
-- *Une folle Équipée.*

Géniaux (Ch.) : *Un Corsaire de Treize ans.*

Girardin (J.) : *Le Capitaine Bassinoire.*

Gorsse (H. de) : *Cinq Semaines en Aéroplane.*

Gorsse (H. de) et **Guitet-Vauquelin** (P.) : *Le petit héros du Bled.*

Jacquin (J.) et **Fabre** (A.) : *Les Petits Naufragés du Titanic.*
— *Le Chien de Serloc Kolmès*

Jeanne (H.) : *Maman bleue.*

Jeanroy (Th.) : *L'Enfant des Fées.*

Laumann et **Bigot** : *L'Étrange Matière.*

Laumann et **Lanos** : *L'Aéro-Bagne 32.*

Le Mouël : *Dibidoub l'Ambitieux.*
-- *Une Pension en Aérobus.*

Mac Adam : *L'Enfant de l'île enchantée.*

Maël (Pierre) : *Le Forban noir.*
— *La Fille de l'Aiguilleur.*

Malot (Hector) : *Romain Kalbris.*

Mariel (P.) : *Le Filleul de l'Éléphant.*

Mouton (E.) : *Vie et Aventures de Marius Cougourdon.*

Nahmias (R.) : *Roman d'un Perroquet.*

Nanteuil (Mme de) : *Capitaine.*

Pitray (Paul de) : *L'Auberge de l'Ange-Gardien*, pièce.

Renaud (J.-Joseph) : *Un mystérieux Message.*

Sevestre (N.) : *La Main rouge.*
-- *Tour du Monde en Quatorze Jours.*
— *Trois jeunes aviateurs au Pôle Nord.*

Toudouze (G.) : *Le Petit Roi d'Ys.*
-- *La Fille du Proscrit.*
— *Pierrette la Téméraire.*

Urgel (Ivan d') : *Le Caillou rouge.*

Valdor (P.) : *Cœur vaillant.*

Vernou (P.) : *Les Pirates de l'Air.*
---- *Aventures de deux Scouts alsaciens.*

Vincent (P.) : *Toujours à l'Affût.*
— *Le Fantôme vert.*

Vix (Pierre) : *Le Secret de la Mine.*

IMP. HENRY MAILLET, PARIS.